U0088114

雅典文化

日本人
都習慣這麼說

雅典日研所 企編

+
MP3

附50音發音表

かわい
「卡哇伊/可愛」

孿了好久的日語，卻不知道…

梳頭髮該用哪個動詞？
延長線應該怎麼說？
黏呼呼是哪個單字？
當耳邊風該怎麼講？

快翻開這本書，原來日本人都習慣這麼說！

50音基本發音表

清音

● track 002

a ㄚ	i ㄧ	u ㄨ	e ㄝ	o ㄡ
あ ア	い イ	う ウ	え エ	お オ
ka ㄎㄚ	**ki** ㄎㄧ	**ku** ㄎㄨ	**ke** ㄎㄝ	**ko** ㄎㄡ
か カ	き キ	く ク	け ケ	こ コ
sa ㄙㄚ	**shi** ㄒㄧ	**su** ㄙ	**se** ㄙㄝ	**so** ㄙㄡ
さ サ	し シ	す ス	せ セ	そ ソ
ta ㄊㄚ	**chi** ㄑㄧ	**tsu** ㄘ	**te** ㄊㄝ	**to** ㄊㄡ
た タ	ち チ	つ ツ	て テ	と ト
na ㄋㄚ	**ni** ㄋㄧ	**nu** ㄋㄨ	**ne** ㄋㄝ	**no** ㄋㄡ
な ナ	に ニ	ぬ ヌ	ね ネ	の ノ
ha ㄏㄚ	**hi** ㄏㄧ	**fu** ㄈㄨ	**he** ㄏㄝ	**ho** ㄏㄡ
は ハ	ひ ヒ	ふ フ	へ ヘ	ほ ホ
ma ㄇㄚ	**mi** ㄇㄧ	**mu** ㄇㄨ	**me** ㄇㄝ	**mo** ㄇㄡ
ま マ	み ミ	む ム	め メ	も モ
ya ㄧㄚ		**yu** ㄧㄩ		**yo** ㄧㄡ
や ヤ		ゆ ユ		よ ヨ
ra ㄌㄚ	**ri** ㄌㄧ	**ru** ㄌㄨ	**re** ㄌㄝ	**ro** ㄌㄡ
ら ラ	り リ	る ル	れ レ	ろ ロ
wa ㄨㄚ		**o** ㄡ		**n** ㄣ
わ ワ		を ヲ		ん ン

濁音

● track 003

ga ㄍㄚ	**gi** ㄍㄧ	**gu** ㄍㄨ	**ge** ㄍㄝ	**go** ㄍㄡ
が ガ	ぎ ギ	ぐ グ	げ ゲ	ご ゴ
za ㄗㄚ	**ji** ㄐㄧ	**zu** ㄗ	**ze** ㄗㄝ	**zo** ㄗㄡ
ざ ザ	じ ジ	ず ズ	ぜ ゼ	ぞ ゾ
da ㄉㄚ	**ji** ㄐㄧ	**zu** ㄗ	**de** ㄉㄝ	**do** ㄉㄡ
だ ダ	ぢ ヂ	づ ヅ	で デ	ど ド
ba ㄅㄚ	**bi** ㄅㄧ	**bu** ㄅㄨ	**be** ㄅㄟ	**bo** ㄅㄡ
ば バ	び ビ	ぶ ブ	べ ベ	ぼ ボ
pa ㄆㄚ	**pi** ㄆㄧ	**pu** ㄆㄨ	**pe** ㄆㄟ	**po** ㄆㄡ
ぱ パ	ぴ ピ	ぷ プ	ぺ ペ	ぽ ポ

拗音

kya ㄎ一ㄚ		kyu ㄎ一ㄩ		kyo ㄎ一ㄡ	
きゃ	キャ	きゅ	キュ	きょ	キョ
sha ㄒ一ㄚ		shu ㄒ一ㄩ		sho ㄒ一ㄡ	
しゃ	シャ	しゅ	シュ	しょ	ショ
cha ㄑ一ㄚ		chu ㄑ一ㄩ		cho ㄑ一ㄡ	
ちゃ	チャ	ちゅ	チュ	ちょ	チョ
nya ㄋ一ㄚ		nyu ㄋ一ㄩ		nyo ㄋ一ㄡ	
にゃ	ニャ	にゅ	ニュ	にょ	ニョ
hya ㄏ一ㄚ		hyu ㄏ一ㄩ		hyo ㄏ一ㄡ	
ひゃ	ヒャ	ひゅ	ヒュ	ひょ	ヒョ
mya ㄇ一ㄚ		myu ㄇ一ㄩ		myo ㄇ一ㄡ	
みゃ	ミャ	みゅ	ミュ	みょ	ミョ
rya ㄌ一ㄚ		ryu ㄌ一ㄩ		ryo ㄌ一ㄡ	
りゃ	リャ	りゅ	リュ	りょ	リョ

gya ㄍ一ㄚ		gyu ㄍ一ㄩ		gyo ㄍ一ㄡ	
ぎゃ	ギャ	ぎゅ	ギュ	ぎょ	ギョ
ja ㄐ一ㄚ		ju ㄐ一ㄩ		jo ㄐ一ㄡ	
じゃ	ジャ	じゅ	ジュ	じょ	ジョ
ja ㄐ一ㄚ		ju ㄐ一ㄩ		jo ㄐ一ㄡ	
ぢゃ	ヂャ	づゅ	ヂュ	ぢょ	ヂョ
bya ㄅ一ㄚ		byu ㄅ一ㄩ		byo ㄅ一ㄡ	
びゃ	ビャ	びゅ	ビュ	びょ	ビョ
pya ㄆ一ㄚ		pyu ㄆ一ㄩ		pyo ㄆ一ㄡ	
ぴゃ	ピャ	ぴゅ	ピュ	ぴょ	ピョ

● | 平假名 | 片假名 |

慣用語

情境會話

實用動詞

擬聲擬態語

慣用語

生氣

▶ 腹が立つ
ha.ra.ga.ta.tsu.
火大

例 彼の話を聞いていると、腹が立ってきた。
ka.re.no.ha.na.shi.o./ki.i.te.i.ru.to./ha.ra.ga.ta.tte.ki.ta.
我聽著他說的話，愈來愈覺得火大。

註 「腹が立つ」也可以說成「腹立つ」。

▶ 頭に来る
a.ta.ma.ni.ku.ru.
生氣

例 大好きなケーキが妹に食べられちゃって、頭に
きた。
da.i.su.ki.na.ke.e.ki.ga./i.mo.u.to.ni./ta.be.ra.re.cha.
tte./a.ta.ma.ni.ki.ta.
妹妹把我最喜歡的蛋糕吃掉了，真是讓人生氣。

▶ 目に余る

め　あま

me.ni.a.ma.ru.

無法忍受／看不下去

- -

例 彼のわがままが目に余るから、課長に注意された。

かれ　　　　　　　　　　め　あま　　　　　　か ちょう　ちゅう い

ka.re.no.wa.ga.ma.ma.ga./me.ni.a.ma.ru.ka.ra./ka.cho.u.ni./chu.u.i.sa.re.ta.

他的任性讓人無法忍受，所以被課長警告了。

▶ 目の色を変える

め　いろ　か

me.no.i.ro.o.ka.e.ru.

生氣

- -

例 そんなに目の色を変えて怒らなくてもいいでしょ。

め　いろ　か　　おこ

so.n.na.ni./me.no.i.ro.o.ka.e.te./o.ko.ra.na.ku.te.mo./i.i.de.sho.

不必那麼生氣吧！

註「目の色を変える」也可以用來形容看到想要的物品而不顧一切想弄到手的樣子。

▶ 目を三角にする

め　さんかく

me.o.sa.n.ka.ku.ni.su.ru.

生氣

- -

例 私が彼のボールをなくしてしまったので、彼は目を三角にして怒った。

わたし　かれ　　　　　　　　　　　　　　　　かれ　め　さんかく　　おこ

wa.ta.shi.ga./ka.re.no.bo.o.ru.o./na.ku.shi.te.shi.ma.tta.
no.de./ka.re.wa./me.o.sa.n.ka.ku.ni.shi.te./o.ko.tta.
因為我把他的球弄丟了，所以他大發雷霆。

▶ へそを曲げる

he.so.o.ma.ge.ru.
鬧脾氣

例 ちょっと叱ったら子供はへそを曲げてしまっ
た。

cho.tto.shi.ka.tta.ra./ko.do.mo.wa./he.so.o.ma.ge.te./
shi.ma.tta.
只不過稍微訓叱一下，孩子就開始鬧脾氣。

▶ 癪に障る

sha.ku.ni.sa.wa.ru.
不滿／生氣

例 私より、ぜんぜん勉強していなかった彼女の
ほうが成績がいいなんて癪に障る。

wa.ta.shi.yo.ri./ze.n.ze.n.be.n.kyo.u.shi.te./i.na.ka.tta./
ka.no.jo.no.ho.u.ga./se.i.se.ki.ga.i.i./na.n.te./sha.ku.ni.sa.
wa.ru.
她完全沒念書，成績卻比我好，真是讓人感到不滿。

▶ 虫の居所が悪い

mu.shi.no.i.do.ko.ro.ga.wa.ru.i.
不開心／為了小事發脾氣

例 彼は虫の居所が悪いと、一日中誰とも話さない。

ka.re.wa./mu.shi.no.i.do.ko.ro.ga.wa.ru.i.to./i.chi.ni.
chi.ju.u./da.re.to.mo./ha.na.sa.na.i

他只要一不開心，就整天都不和人說話。

▶ 愛想が尽きる
a.i.so.ga.tsu.ki.ru.
厭煩

例 あの人には愛想が尽きた。

a.no.hi.to.ni.wa./a.i.so.ga.tsu.ki.ta.

對那個人已經感到厭煩了。

▶ 木で鼻を括る
ki.de.ha.na.o.ku.ku.ru.
愛理不理／冷淡

例 あの人はいつも木で鼻をくくったような返事を
している。

a.no.hi.to.wa./i.tsu.mo.ki.de.ha.na.o.ku.ku.tta.yo.u.na./
he.n.ji.o.shi.te.i.ru.

那個人總是用愛理不理的態度回答。

個性

▶ 八方美人
は っ ぽ う び じ ん
ha.ppo.u.bi.ji.n.
八面玲瓏

例 彼は八方美人だ。
ka.re.wa./ha.ppo.u.bi.ji.n.da.
他是個八面玲瓏的人。

▶ 胡散臭い
う さ ん く さ
u.sa.n.ku.sa.i.
形跡可疑

例 胡散臭い目つきでにらむ。
u.sa.n.ku.sa.i.me.tsu.ki.de.ni.ra.mu.
用警惕的眼光盯著看。

▶ 鬼の首を取ったよう
お に く び と
o.ni.o.ku.bi.o./to.tta.yo.u.
如立奇功／如獲至寶

例 人の過ちを見つけて鬼の首を取ったように喜んだ。
hi.to.no.a.ya.ma.chi.o.mi.tsu.ke.te./o.ni.no.ku.bi.o./to.tta.yo.u.ni./yo.ro.ko.n.da.
發現了別人的過錯就高興得不得了。

▶ 風上にも置けない
<ruby>風<rt>かざ</rt></ruby><ruby>上<rt>かみ</rt></ruby>にも<ruby>置<rt>お</rt></ruby>けない
ka.za.ka.mi.ni.mo.o.ke.na.i.
十分討人厭

例 あの<ruby>人<rt>ひと</rt></ruby>は<ruby>風上<rt>かざかみ</rt></ruby>にも<ruby>置<rt>お</rt></ruby>けない<ruby>人<rt>ひと</rt></ruby>だ。

a.no.hi.to.wa./ka.za.ka.mi.ni.mo./o.ke.na.i.hi.to.da.

那個人十分討人厭。

▶ 肝が据わる
<ruby>肝<rt>きも</rt></ruby>が<ruby>据<rt>す</rt></ruby>わる
ki.mo.ga.su.wa.ru.
穩如泰山／大膽

例 <ruby>強盗<rt>ごうとう</rt></ruby>を<ruby>一人<rt>ひとり</rt></ruby>で<ruby>取<rt>と</rt></ruby>り<ruby>押<rt>お</rt></ruby>さえたしまったなんて、<ruby>彼<rt>かれ</rt></ruby>は<ruby>肝<rt>きも</rt></ruby>が<ruby>据<rt>す</rt></ruby>わっているね。

ko.u.to.u.o./hi.to.ri.de./to.ri.o.sa.e.ta.shi.ma.tta.na.n.te./
ka.re.wa./ki.mo.ga.su.wa.tte.i.ru.ne.

他能夠一個人制服強盜，個性真是穩如泰山。

▶ 頭が固い
<ruby>頭<rt>あたま</rt></ruby>が<ruby>固<rt>かた</rt></ruby>い
a.ta.ma.ga.ka.ta.i.
固執／食古不化

例 <ruby>彼<rt>かれ</rt></ruby>は<ruby>頭<rt>あたま</rt></ruby>が<ruby>固<rt>かた</rt></ruby>いので、いくら<ruby>注意<rt>ちゅうい</rt></ruby>しても<ruby>無駄<rt>むだ</rt></ruby>だ。

ka.re.wa./a.ta.ma.ga.ka.ta.i.no.de./i.ku.ra.chu.u.i.shi.te.
mo./mu.da.da.

他十分固執，不管怎麼警告他都是白費力氣。

► 頭が切れる
あたま き
a.ta.ma.ga.ki.re.ru.
腦筋動得快／腦筋好

⑩ 彼は頭が切れるので、どんな仕事でもできます。
かれ あたま き しごと
ka.re.wa./a.ta.ma.ga.ki.re.ru.no.de./do.n.na.shi.go.to.
de.mo./de.ki.ma.su.
他的腦筋好，無論什麼工作都能辦到。

► 顔が広い
かお ひろ
ka.o.ga.hi.ro.i.
人面很廣

⑩ 彼は顔が広いから、知り合いがたくさんいる。
かれ かお ひろ し あ
ka.re.wa./ka.o.ga.hi.ro.i.ka.ra./shi.ri.a.i.ga./ta.ku.sa.n.i.ru.
他的人面很廣，所以有很多朋友。

► 口が重い
くち おも
ku.chi.ga.o.mo.i.
話很少

⑩ 課長はいつもは口が重いが、好きなゴルフの
かちょう くち おも す
ことは良く話す。
よ はな
ka.cho.u.wa./i.tsu.mo.wa./ku.chi.ga.o.mo.i.ga./su.ki.
na./go.ru.fu.no.ko.to.wa./yo.ku.ha.na.su.
課長平常話雖然很少，但提到他喜歡的高爾夫球就會
打開話匣子。

• track 009

> ▶ 口が堅い
> ku.chi.ga.ka.ta.i.
> 口風很緊

例 彼女は口が堅いから、なんでも相談できる。

ka.no.jo.wa./ku.chi.ga.ka.ta.i.ka.ra./na.n.de.mo./so.u.da.n.de.ki.ru.

因為她的口風很緊，所以什麼事都能和她商量。

> ▶ 口が軽い
> ku.chi.ga.ka.ru.i.
> 大嘴巴／不能保守祕密

例 あの人は口が軽いから、大事なことは話せない。

a.no.hi.to.wa./ku.chi.ga.ka.ru.i.ka.ra./da.i.ji.na.ko.to.wa./ha.na.se.na.i.

因為那個人是個大嘴巴，所以重要的事不能跟他說。

> ▶ 口が悪い
> ku.chi.ga.wa.ru.i.
> 口出惡言／嘴巴很壞

例 母は口が悪いけど、本当はやさしい人です。

ha.ha.wa./ku.chi.ga.wa.ru.i.ke.do./ho.n.to.u.wa./ya.sa.shi.i.hi.to.de.su.

我的母親是刀子嘴豆腐心。

▶ **三日坊主**
み っ か ぼ う ず
mi.kka.bo.u.zu.
三分鐘熱度

例 今回は三日坊主じゃないの。
こんかい　　みっかぼうず
ko.n.ka.i.wa./mi.kka.bo.u.zu.ja.na.i.no.
這次絕對不是三分鐘熱度。

▶ **息が切れる**
いき　き
i.ki.ga.ki.re.ru.
半途而廢／放棄

例 途中で息が切れてしまった。
とちゅう　　いき　き
to.chu.u.de./i.ki.ga./ki.re.te.shi.ma.tta.
半途而廢。

▶ **血も涙もない**
ち　なみだ
chi.mo.na.mi.da.mo.na.i.
冷血／無情

例 人の命を奪うなんて、血も涙もない人間だ。
ひと　いのち　うば　　　　　　ち　なみだ　　　にんげん
hi.to.no.i.no.chi.o./u.ba.u.na.n.te./chi.mo.na.mi.da.mo.
na.i./ni.n.ge.n.da.
奪取別人性命的人，是多麼的冷血無情。

• track 010

▶ 気が多い
ki.ga.o.o.i.
個性不專一／見異思遷

例 彼は気が多いから、次から次へ趣味を変える。

ka.re.wa./ki.ga.o.o.i.ka.ra./tsu.gi.ka.ra./tsu.gi.e./shu.mi.o.ka.e.ru.

他因為不夠專一，所以經常改變嗜好。

▶ 気が強い
ki.ga.tsu.yo.i.
固執／倔強／剛毅

例 彼女は気が強いから、どんなに仕事がきつくても泣くことを言わない。

ka.no.jo.wa./ki.ga.tsu.yo.i.ka.ra./do.n.na.ni.shi.go.to.ga./ki.tsu.ku.te.mo./na.ki.ko.to.o./i.wa.na.i.

她的個性剛強，不過工作再怎麼辛苦都不會說喪氣話。

▶ 気が弱い
ki.ga.yo.wa.i.
懦弱

例 自分が気が弱いと悩んでいる。

ji.bu.n.ga./ki.ga.yo.wa.i.to./na.ya.n.de.i.ru.

對自己個性懦弱的事感到煩惱。

▶ 気が長い
ki.ga.na.ga.i.
慢性子／有耐性

例 彼は気が長いから、何があっても怒らないみたいだね。

ka.re.wa./ki.ga.na.ga.i.ka.ra./na.ni.ga.a.tte.mo./o.ko.ra.na.i./mi.ta.i.da.ne.

他很有耐性，不管發生什麼事好像都不會生氣。

▶ 気が短い
ki.ga.mi.ji.ka.i.
性急／容易生氣

例 兄は気が短いから、あんまり待たせると何を言い出すかわからない。

a.ni.wa./ki.ga.mi.ji.ka.i.ka.ra./a.n.ma.ri.ma.ta.se.ru.to./na.ni.o.i.i.da.su.ka./wa.ka.ra.na.i.

我哥哥的個性很急，讓他等太久的話不知道他會說出什麼話來。

▶ 猫をかぶる
ne.ko.o.ka.bu.ru.
假裝文靜

例 彼女は先生の前では猫をかぶっている。

ka.no.jo.wa./se.n.se.i.no.ma.e.de.wa./ne.ko.o.ka.bu.tte.i.ru.

她在老師的面前假裝文靜。

▶ 竹を割ったよう
ta.ke.o.wa.tta.yo.u.
乾脆直爽／心直口快

例 姉は口は悪いけれども、それこそ竹を割った
ような性格の人です。

a.ne.wa./ku.chi.wa.wa.ru.i.ke.re.do.mo./so.re.ko.so./ta.ke.o.wa.tta.yo.u.na./se.i.ka.ku.no.hi.to.de.su.

姊姊雖然嘴巴很壞，但正因如此個性很直爽。

競爭關係

▶ 群を抜く
gu.n.o.nu.ku.
出類拔萃

例 群を抜く成績を上げる。

gu.n.o.nu.ku.se.i.se.ki.o.a.ge.ru.
讓成績變得名列前茅。

▶ 黒白を争う
ko.ku.bya.ku.o.a.ra.so.u.
辨明是非

例 裁判で黒白を争う。

sa.i.ba.n.de./ko.ku.bya.ku.o./a.ra.so.u.

透過官司來爭辯是非。

▶ 歯が立たない
ha.ga.ta.ta.na.i.
無法抗衡／相差太遠

例 うちのチームは外国のチームに歯が立たなかった。

u.chi.no.chi.i.mu.wa./ga.i.ko.ku.no.chi.i.mu.ni./ha.ga.ta.ta.na.ka.tta.

我們的隊伍實力無法和外國的隊伍抗衡。

▶ 頭が上がらない
a.ta.ma.ga.a.ga.ra.na.i.
抬不起頭

例 優秀な兄には、いつまでたっても頭が上がらない。

yu.u.shu.u.na.a.ni.ni.wa./i.tsu.ma.de.ta.tte.mo./a.ta.ma.ga./a.ga.ra.na.i.

在優秀的哥哥面前，我永遠抬不起頭來。

▶ **頭が下がる**
a.ta.ma.ga.sa.ga.ru.
佩服

例 きちんと自分の責任を果たした彼の姿を見ていると、頭が下がる。

ki.chi.n.to./ji.bu.n.no.se.ki.ni.ni.o./ha.ta.shi.ta.ka.re.no.su.ka.ta.o./mi.te.i.ru.to./a.ta.ma.ga.sa.ga.ru.

看到他確實地負起責任，讓我感到十分佩服。

▶ **肩を並べる**
ka.ta.o.na.ra.be.ru.
並駕齊驅

例 あの選手は世界のトップに肩を並べる高記録を出した。

a.no.se.n.shu.wa./se.ka.i.no.to.ppu.ni./ka.ta.o.na.ra.be.ru./ko.u.ki.ro.ku.o./da.shi.ta.

那位選手創下了和世界頂尖並駕齊驅的紀錄。

▶ **肩を持つ**
ka.ta.o.mo.tsu.
偏袒

例 僕が母に叱られるたびに、父は僕の肩を持ってかばってくれた。

bo.ku.ga./ha.ha.ni./shi.ka.ra.re.ru.ta.bi.ni./chi.chi.wa./
bo.ku.no.ka.ta.o./mo.tte.ka.ba.tte.ku.re.ta.
每當我被母親責罵的時候，父親都會袒護我。

▶ 水と油
mi.zu.to.a.bu.ra.
水火不容

例 あの二人の性格は水と油、うまくいくはずが
ない。

a.no.fu.ta.ri.no.se.i.ka.ku.wa./mi.zu.to.a.bu.ra./u.ma.
ku.i.ku.ha.zu.ga.na.i.
那兩人的個性水火不容，不可能會處得好。

煩惱

▶ 固唾を呑む
ka.ta.zu.o./no.mu.
提心吊膽／屏息以待

例 どうなることかと固唾を呑む。
do.u.na.ru.ko.to.ka.to./ka.ta.zu.o.no.mu.
屏息注視著事態的發展。

• track 013

▶ 頭が痛い
a.ta.ma.ga.i.ta.i.
感到煩惱／頭痛

例 明日の試験のことを考えると頭が痛いよ。

a.shi.ta.no.shi.ke.n.no.ko.to.o./ka.n.ga.e.ru.to./a.ta.ma.ga.i.ta.i.yo.

想到明天的考試就頭痛。

▶ 泣き面に蜂
na.ki.tsu.ra.ni.ha.chi.
禍不單行

例 財布をすられた上に交通事故に遭ったとは、まったく泣き面に蜂だ。

sa.i.fu.o.su.ra.re.ta.u.e.ni./ko.u.tsu.u.ji.ko.ni.a.tta.to.wa./ma.tta.ku.na.ki.tsu.ra.ni.ha.chi.da.

皮夾被扒走，還遇上交通事故，真是禍不單行。

▶ 耳にたこができた
mi.mi.ni.ta.ka.ga.de.ki.ta.
聽到耳朵長繭／聽到煩

例 その話はもう耳にたこができるほど聞かされました。

so.no.ha.na.shi.wa.mo.u./mi.mi.ni.ta.ko.ga.de.ki.ru.ho.do./ki.ka.sa.re.ma.shi.ta.

那些話我已經聽到煩了。

▶ 眉をひそめる
ma.yu.o.hi.so.me.ru.
皺眉／不開心

例 周りの人は彼の言動に眉をひそめた。

ma.wa.ri.mo.hi.to.wa./ka.re.no.ge.n.do.u.ni./ma.yu.o.
hi.so.me.ta.

週遭的人因為他的行為而感到不快。

▶ 手を焼く
te.o.ya.ku.
棘手

例 彼は娘のわがままに手を焼いた。

ka.re.wa./mu.su.me.no.wa.ga.ma.ma.ni./te.o.ya.i.ta.

他為女兒的任性感到棘手。

▶ 気が重い
ki.ga.o.mo.i.
心情沉重

例 明日の会議の事を考えると気が重くなった。

a.shi.ta.no.ka.i.gi.no.ko.to.o./ka.n.ga.e.ru.to./ki.ga.o.
mo.ku.na.tta.

想到明天的會議就覺得心情沉重。

• track 014

▶ 心を痛める

ko.ko.ro.o.i.ta.me.ru.

心痛

例 地震被害に心を痛める。

ji.shi.n.hi.ka.i.ni./ko.ko.ro.o./i.ta.me.ru.

為地震造成的人員傷亡感到心痛。

▶ 後ろ髪を引かれる

u.shi.ro.ga.mi.o.hi.ka.re.ru.

戀戀不捨

例 再びこの国を訪れることはないだろうと思いながら、後ろ髪を引かれる思いでバスに乗り込んだ。

fu.ta.ta.bi./ko.no.ku.ni.o./o.to.zu.re.ru.ko.to.wa.na.i.da.ro.u./to.o.mo.i.na.ga.ra./u.shi.ro.ga.mi.o./hi.ka.re.ru.o.mo.i.de./ba.su.ni./no.ri.ko.n.da.

一面想著應該不可能再次造訪此地，一面戀戀不捨的坐上巴士。

思考

▶ 耳を傾ける
mi.mi.o.ka.ta.mu.ke.ru.
傾聴

例 私はそのとき、初めて先生の言葉にまじめに耳を傾けた。

wa.ta.shi.wa./so.no.to.ki./ha.ji.me.te./se.n.se.i.no.ko.to.
ba.ni./ma.ji.me.ni./mi.mi.o.ka.ta.mu.ke.ta.
那時候，我是第一次認真聽老師的話。

▶ 長い目で見る
na.ga.i.me.de.mi.ru.
別急著下定論／將眼光放遠

例 あの子は入社してまだ一ヶ月なのだから、細かいことは言わず、長い目で見てやってほしい。

a.no.ko.wa./nyu.u.sha.shi.te.ma.da./i.kka.ge.tsu.na.no.
da.ka.ra./ko.ma.ka.i.ko.to.wa.i.wa.zu./na.ga.i.me.de.
mi.te./ya.tte.ho.shi.i.
那個年輕人才進公司一個月，先別計較小問題，再觀察一陣子吧。

•track 015

▶ 目に浮かぶ
me.ni.u.ka.bu.
歷歷在目

例 故郷の山々が目に浮かぶ。

fu.ru.sa.to.no.ya.ma.ya.ma.ga./me.ni.u.ka.bu.

故鄉的風景歷歷在目。

▶ 目を通す
me.o.to.o.su.
瀏覽／過目

例 資料にあらかじめ目を通しておいてください。

shi.ryo.u.o./a.ra.ka.ji.me./me.o.to.o.shi.te.o.i.te./ku.da.
sa.i.

請在事前將資料過目。

▶ 上の空
u.wa.no.so.ra.
耳邊風／心不在焉

例 今日、彼女に何を言っても上の空だ。

kyo.u./ka.no.jo.ni./na.ni.o.i.tte.mo./u.wa.no.so.ra.da.

今天不管跟她說什麼，她都心不在焉。

► 山をかける
ya.ma.o.ka.ke.ru.
投機取巧

例 山をかけるようなことばかりやってないで、もっと努力をしていくようにしなければだめだ。

ya.ma.o.ka.ke.ru.yo.u.na.ko.to.ba.ka.ri./ya.tte.na.i.de./
mo.tto.do.ryo.ku.o./shi.te.i.ku.yo.u.ni.shi.na.ke.re.ba./
da.me.da.

別盡是投機取巧，應該更努力才對。

同意／喜歡／期待

► 目がない
me.ga.na.i.
十分喜愛

例 私は甘いものに目がないの。

wa.ta.shi.wa./a.ma.i.mo.no.ni./me.ga.na.i.no.
我十分喜愛甜食。

► 口に合う
ku.chi.ni.a.u.
合口味

例 お口に合うとよろしいんですが。

o.ku.cbi.bi.a.u.to./yo.ro.shi.i.n.de.su.ga.

希望能合你的口味。

> ### ▶ のどから手が出る
> no.do.ka.ra.te.ga.de.ru.
> 十分想要

例 僕ものどから手が出るほどこの車がほしかったんだ。

bo.ku.mo./no.do.ka.re./te.ga.de.ru.ho.do./ko.no.ku.ru.ma.ga./ho.shi.ka.tta.n.da.

我也十分想要得到這台車子。

> ### ▶ 首を長くする
> ku.bi.o.na.ga.ku.su.ru.
> 引頸期盼

例 あなたからいい返事がもらえるのを、首を長くして待っているよ。

a.na.ta.ka.ra./i.i.he.n.ji.ga.mo.ra.e.ru.no.o./ku.bi.o.na.ga.ku.shi.te./ma.tte.i.ru.yo.

我引頸期盼能從你這裡得到好的答覆。

> ### ▶ 指をくわえる
> yu.bi.o.ku.wa.e.ru.
> 十分羨慕

例 あの子は近所の子供たちが楽しそうに遊んでいるのをいつも指をくわえて見ている。

a.no.ko.wa./ki.n.jo.no.ko.do.mo.ta.chi.ga./ta.no.shi.so.u.ni./a.so.n.de.i.ru.no.o./i.tsu.mo.yu.bi.o./ku.wa.e.te.mi.te.i.ru.

那個孩子十分羨慕地看著附近的孩子們快樂地玩耍。

▶ **手に入れる**
te.ni.i.re.ru.
到手

例 こつこつ貯金して、やっとこの車を手に入れることができた。

ko.tsu.ko.tsu.cho.ki.n.shi.te./ya.tto.ko.no.ku.ru.ma.o./te.ni.i.re.ru.ko.to.ga./de.ki.ta.

努力地存錢，終於買到這部車了。

▶ **胸を躍らせる**
mu.ne.o.o.do.ra.se.ru.
心情激動／心情躍動

例 試合出場が決まり、皆は胸を躍らせている。

shi.a.i.shu.tsu.jo.u.ga.ki.ma.ri./mi.na.wa./mu.ne.o.o.do.ra.se.te.i.ru.

確定能出場比賽後，大家的心情都很激動。

• track 017

▶ 胸を膨らませる
mu.ne.o.fu.ku.ra.ma.se.ru.
滿懷希望

例 これからの生活に胸を膨らませている。

ko.re.ka.re.no.se.i.ka.tsu.ni./mu.ne.o.fu.ku.ra.ma.se.te./
i.ru.

對此後的生活充滿希望。

▶ 膝を乗り出す
hi.za.o.no.ri.da.su.
很感興趣

例 今までつまらなそうにしていたのに、人の噂話になると急に嬉しそうに膝を乗り出した。

i.ma.ma.de./tsu.ma.ra.na.so.u.ni.shi.te.i.ta.no.ni./hi.to.
no.u.wa.sa.ba.na.shi.ni.na.ru.to./kyu.u.ni.u.re.shi.so.u.
ni./hi.za.o.no.ri.da.shi.ta.

剛剛還一副很無聊的樣子，一聽到別人的八卦就開心地探出身來表示興趣。

▶ 息が合う
i.ki.ga.a.u.
合作無間

例 指揮者と演奏者の息が合って、素晴らしい演奏だった。

shi.ki.sha.to./e.n.so.u.sha.no./i.ki.ga.ta.tte./su.ba.ra.shi.i.e.n.so.u.da.tta.

指揮者和演奏者合作無間，真是場精彩的表演。

► 気に入る
ki.ni.i.ru.
喜歡

例 気に入った物が見つかるといいな。

ki.ni.i.tta.mo.no.ga./mi.tsu.ka.ru.to.i.i.na.

要是可以發現喜歡的物品就好了。

► 熱を上げる
ne.tsu.o.a.ge.ru.
迷上／著迷

例 彼が彼女に熱を上げていることは、すでに社内でもうわさに上っている。

ka.re.ga./ka.no.jo.ni./ne.tsu.o.a.ge.te.i.ru.ko.to.wa./su.de.ni.sha.na.i.de.mo./u.wa.sa.ni.no.bo.tte.i.ru.

他對她感到著迷的事，在公司裡也傳得沸沸揚揚。

▶ 心が弾む
こころ　はず

ko.ko.ro.ga.ha.zu.mu.

期待

例 夏休みを思うと自然に心が弾む。

na.tsu.ya.su.mi.o.o.mo.u.to./shi.ze.n.ni./ko.ko.ro.ga.ha.
zu.mu.

一想到暑假就滿心期待。

▶ 心を奪う
こころ　うば

ko.ko.ro.o.u.ba.u.

著迷

例 この指輪を見た瞬間に、心を奪われてしまった。

ko.no.yu.bi.wa.o./mi.ta.shu.n.ka.n.ni./ko.ko.ro.o./u.ba.
wa.re.te.shi.ma.tta.

我一看到這個戒指就深深著迷。

▶ 馬が合う
うま　あ

u.ma.ga.a.u.

意氣相投

例 年齢は違うが、彼と妙に馬が合う。

ne.n.re.i.wa./chi.ga.u.ga./ka.re.to.myo.u.ni./u.ma.ga.a.
u.

雖然年齡不同，但我和他卻莫名意氣相投。

▶ 味を占める
a.ji.o.shi.me.ru.
嚐了甜頭

例 一度味を占めるとやめられない。
i.chi.do.a.ji.o.shi.me.ru.to./ya.me.ra.re.na.i.
一旦嚐過甜頭後就上癮了。

其他心情

▶ 顔から火が出る
ka.o.ka.ra.hi.ga.de.ru.
臉紅／害羞

例 出番を間違えて舞台に飛び出してしまい、顔から火が出る思いがした。
de.ba.n.o./ma.chi.ga.e.te./bu.ta.i.ni./to.bi.da.shi.te.shi.ma.i./ka.o.ka.ra./hi.ga.de.ru.o.mo.i./ga.shi.ta.
搞錯了出場順序而跑到舞台上，真是讓人羞紅了臉的回憶。

▶ 耳が痛い
mi.mi.ga.i.ta.i.
聽起來不舒服

例 そうおっしゃられると、いやはや何とも耳が
痛いことです。

so.u.o.ssha.ra.re.ru.to./i.ya.ha.ya.na.ni.to.mo./mi.mi.
ga.i.ta.i.ko.to.de.su.

被說出了缺點，聽了有點不舒服。

▶ 目を細くする
me.o.ho.so.ku.su.ru.

開心地笑

例 可愛いものを見ると自然に目が細くなります。

ka.wa.i.i.mo.no.o./mi.ru.to./shi.ze.n.ni./me.ga.ho.so.
ku.na.ri.ma.su.

看到可愛的東西讓人忍不住露出開心的笑容。

▶ 目を丸くする
me.o.ma.ru.ku.su.ru.

瞪大了眼

例 転勤の話をすると、彼は目を丸くして驚いた。

te.n.ki.n.no.ha.na.shi.o.su.ru.to./ka.re.wa./me.o.ma.ru.
ku.shi.te./o.do.ro.i.ta.

聽到調職的事，他驚訝地瞪大了眼。

▶ **手に汗を握る**

te.ni.a.se.o.ni.gi.ru.

捏一把冷汗／焦慮

例 観客は手に汗を握って熱狂した。

ka.n.kya.ku.wa./te.ni.a.se.o.ni.gi.tte./ne.kkyo.u.shi.ta.

觀眾們都感到緊張與狂熱。

▶ **胸騒ぎがする**

mu.na.sa.wa.gi.ga.su.ru.

忐忑不安／心神不寧

例 いやな胸騒ぎがする。

i.ya.na.mu.na.sa.wa.gi.ga.su.ru.

有種不好的預感。

▶ **胸がいっぱいになる**

mu.ne.ga.i.ppa.i.ni.na.ru.

深受感動／激動

例 喜びで胸がいっぱいになってなかなか寝付かれなかった。

yo.ro.ko.bi.de./mu.ne.ga.i.ppa.i.ni.na.tte./na.ka.na.ka.ne.tsu.ka.re.na.ka.tta.

因為高興而感到十分激動，沒辦法好好睡一覺。

▶ 胸をなでおろす
む ね
mu.ne.o.na.de.o.ro.su.
鬆一口氣

例 ホッと胸をなでおろした。
む ね
ho.tto.mu.ne.o./na.de.o.ro.shi.ta.
鬆了一口氣。

▶ 心を打つ
こころ　う
ko.ko.ro.o.u.tsu.
感動人心

例 この映画は視聴者の心を打った。
え い が　　　し ちょうしゃ　こころ　う
ko.no.e.i.ga.wa./shi.cho.u.sha.no./ko.ko.ro.o./u.tta.
這部電影感動了觀眾的心。

▶ 胸襟を開く
きょうきん　ひら
kyo.u.ki.n.o.hi.ra.ku.
敞開心胸

例 胸襟を開いて話し合う。
きょうきん　ひら　　はな　あ
kyo.u.ki.n.o./hi.ra.i.te./ha.na.shi.a.u.
彼此敞開心胸暢談。

► ぞっとしない
zo.tto.shi.na.i.
不怎麼樣／不令人感動

例 ぞっとしない話だ。
zo.tto.shi.na.i.ha.na.shi.da.
不怎麼樣的故事。

原諒

► 大目に見る
o.o.me.ni.mi.ru.
原諒

例 子供のやったことなのだから、大目に見ることにした。
ko.do.mo.no.ya.tta.ko.to.na.no.da.ka.ra./o.o.me.ni.mi.ru.ko.to.ni./shi.ta.
因為對方還是孩子，就原諒他吧。

► 目をつぶる
me.o.tsu.bu.ru.
睜一隻眼閉一隻眼

• track 021

例 小さなミスだから、ここは目をつぶることに
した。

chi.i.sa.na.mi.su.da.ka.ra./ko.ko.wa./me.o.tsu.bu.ru.ko.
to.ni./shi.ta.

只不過是個小錯誤，我就睜一隻眼閉一隻眼。

▶ いい顔をする
i.i.ka.o.o.su.ru.
笑臉／和顏悅色

例 彼は誰にでもいい顔をしている。

ka.re.wa./da.re.ni.de.mo./i.i.ka.o.o./shi.te.i.ru.
他不管對誰都和顏悅色。

忙碌／空閒

▶ 目が回る
me.ga.ma.wa.ru.
十分忙碌

例 今日は目が回るような忙しさだった。

kyo.u.wa./me.ga.ma.wa.ru.yo.u.na./i.so.ga.shi.sa.da.
tta.
今天忙得不可開交。

▶ **手が空く**
te.ga.a.ku.
有空

㉚ 今日は手が空くから、久しぶりに友達と映画に
行った。

kyo.u.wa./te.ga.a.ku.ka.ra./hi.sa.shi.bu.ri.ni./to.mo.da.
chi.to./e.i.ga.ni.i.tta.

今天因為有空，所以久違地和朋友去看電影。

▶ **手が足りない**
te.ga.ta.ri.na.i.
忙不過來

㉚ 忙しくて手が足りない。

i.so.ga.shi.ku.te./te.ga.ta.ri.na.i.
忙不過來。

▶ **手が離せない**
te.ga.ha.na.se.na.i.
忙得無法抽身／十分忙碌

㉚ 今ちょっと手が離せないので、後でこちらか
ら電話します。

i.ma.cho.tto./te.ga.ha.na.se.na.i.no.de./a.to.de./ko.chi.
ra.ka.ra./de.n.wa.shi.ma.su.

現在很忙，等一下再打電話給你。

• track 022

▶ 尻が重い
しり おも
shi.ri.ga.o.mo.i.
懶得動／遲鈍

- -

例 掃除は好きだけどお尻が重い。
そうじ す しり おも

so.u.ji.wa./su.ki.da.ke.do./o.shi.ri.ga./o.mo.i.
雖然喜歡打掃，但卻懶得動。

▶ 血のにじむような
ち
chi.no.ni.ji.mu.yo.u.na.
非常努力

- -

例 成功するためには血のにじむような努力が
せいこう ち どりょく
必要です。
ひつよう

se.i.ko.u.su.ru.ta.me.ni.wa./chi.no.ni.ji.mu.yo.u.na./do.
ryo.ku.ga./hi.tsu.yo.u.de.su.
成功必需付出十分的努力。

註 和「血の出るよう」同義。

▶ 猫の手も借りたい
ねこ て か
ne.ko.no.te.mo.ka.ri.ta.i.
十分忙碌

- -

例 先週は猫の手も借りたいほどの忙しさだった。
せんしゅう ねこ て か いそが

se.n.shu.u.wa./ne.ko.no.te.mo.ka.ri.ta.ni.ho.do.no./i.so.
ga.shi.sa.da.tta.
上個星期忙得不得了。

▶ 道草を食う
みちくさ　く
mi.chi.ku.sa.o.ku.u.
中途眈擱

例 掃除をしていたら、古い写真を長い間見入ってしまい、大変な道草を食ってしまった。

so.u.ji.o.shi.te.i.ta.ra./fu.ru.i.sha.shi.n.o./na.ga.i.a.i.da.mi.i.tte.shi.ma.i./ta.i.he.n.na.mi.chi.ku.sa.o./ku.tte.shi.ma.tta.

打掃的時候，不禁看起了舊照片，眈擱了不少時間。

▶ 油を売る
あぶら　う
a.bu.ra.o.u.ru.
偷懶

例 こんなところで油を売っていないで、早く仕事をしなさい。

ko.n.na.to.ko.ro.de./a.bu.ra.o./u.tte.i.na.i.de./ha.ya.ku.shi.go.to.o./shi.na.sa.i.

別在這個地方偷懶了，快去工作吧。

▶ 至れり尽くせり
いた　　つ
i.ta.re.ri.tsu.ku.se.ri.
無微不至／盡善盡美

例 至れり尽くせりのもてなしを受けた。

i.ta.re.ri.tsu.ku.se.ri.no./mo.te.na.shi.o.u.ke.ta.

受到無微不至的款待。

▶ 触手を伸ばす
sho.ku.shu.o.no.ba.su.
延伸觸角

例 彼は流通業にも触手を伸ばしてきた。

ka.re.wa./ryu.u.tsu.u.gyo.u.ni.mo./sho.ku.shu.o.no.ba.shi.te.ki.ta.

他把事業觸角也延伸到了物流業。

事物狀態

▶ 目に見える
me.ni.mi.e.ru.
明顯地／長足地

例 彼の病状は目に見えてよくなってきた。

ka.re.no.byo.u.jo.u.wa./me.ni.mi.e.te./yo.ku.na.tte.ki.ta.

他的病有長足地進步。

▶ 目を盗む
me.o.nu.su.mu.
趁人不注意

例 母の目を盗んでつまみ食いした。

ha.ha.no.me.o.nu.su.n.de./tsu.ma.mi.gu.i.shi.ta.

趁媽媽不注意時偷吃菜。

► 目を引く
me.o.hi.ku.
引人注目

例 彼女はどこに行っても常に目を引く存在でした。

ka.no.jo.wa./do.ko.ni.i.tte.mo./tsu.ne.ni./me.o.hi.ku.so.
n.za.i.de.shi.ta.

她不管走到哪裡都是眾人矚目的焦點。

► 猫の額
ne.ko.no.hi.ta.i.
空間狹小

例 庭と言っても猫の額ほどのものです。

ni.wa.to.i.tte.mo./ne.ko.no.hi.ta.i.ho.do./no.mo.no.de.su.

雖然說是院子，但也只是個狹小的空間。

► 舌鼓を打つ
shi.ta.tsu.zu.mi.o.u.tsu.
大飽口福

• track 024

例 久ひさしぶりに彼女かのじょの手料理てりょうりに舌鼓したつづみを打うった。

hi.sa.shi.bu.ri.ni./ka.no.jo.no.te.ryo.u.ri.ni./shi.ta.tsu.
zu.mi.o.u.tta.

難得嘗到女朋友做的菜，大飽口福。

▶ 首くびにする
ku.bi.ni.su.ru.
開除

例 小ちいさなミスで彼かれを首くびにするとは、会社かいしゃもどうかしていると思おもうよ。

chi.i.sa.na.mi.su.de./ka.re.o./ku.bi.ni.su.ru.to.wa./ka.i.
sha.mo./do.u.ka.shi.te.i.ru.to./o.mo.u.yo.

因為一點小事就把他開除，我覺得這間公司也有些問題。

▶ 蜂はちの巣すをつついたよう
ha.chi.no.su.o.tsu.tsu.i.ta.yo.u.
大騷動

例 田中たなかさんが会社かいしゃをやめると聞きかされ、オフィスは蜂はちの巣すをつついたような大騷おおさわぎとなった。

ta.na.ka.sa.n.ga./ka.i.sha.o.ya.me.ru.to./ki.ka.sa.re./o.
fi.su.wa./ha.chi.no.su.o.tsu.tsu.i.ta.yo.u.na./o.o.sa.wa.
gi.to.na.tta.

一聽到田中先生辭職的消息，辦公室內就像捅了蜂窩般的騷動。

▶ 尻に火がつく
し　　ひ

shi.ri.ni.hi.ga.tsu.ku.

十萬火急／火燒屁股

例 毎日尻に火が付いたように忙しくかけずり回っ
ている。

ma.i.ni.chi.shi.ri.ni./hi.ga.tsu.i.ta.yo.u.ni./i.so.ga.shi.
ku./ka.ke.zu.ri.ma.wa.tte.i.ru.

每天都像火燒屁股一樣忙個不停。

▶ 足が出る
あし　　で

a.shi.ga.de.ru.

費用不足／虧空

例 買い物しすぎて足が出てしまった。

ka.i.mo.no.shi.su.gi.te./a.shi.ga.de.te.shi.ma.tta.

買太多東西了造成錢不夠。

▶ 足の踏み場もない
あし　ふ　ば

a.shi.no.fu.mi.ba.mo.na.i.

十分髒亂

例 足の踏み場もない部屋です。

a.shi.no.fu.mi.ba.mo.na.i.he.ya.de.su.

十分髒亂的房間。

• track 025

► 息を引き取る
i.ki.o.hi.ki.to.ru.
去世

例 祖父は家族に看取られて静かに息を引き取り
ました。

so.fu.wa./ka.zo.ku.ni./mi.to.ra.re.te./shi.zu.ka.ni./i.ki.
o./hi.ki.to.ri.ma.shi.ta.
祖父在家人的看護之下靜靜地離開人世。

► 脈がある
mya.ku.ga.a.ru.
還有希望

例 彼女の態度からはまだ脈がありそうだ。

ka.no.jo.no.ta.i.do.ka.ra.wa./ma.da.mya.ku.ga.a.ri.so.u.
da.
從她的態度看來還有希望。

► 身につける
mi.ni.tsu.ke.ru.
學到／掌握／具有

例 集中力を身につけたい。

shu.u.chu.u.ryo.ku.o./mi.ni.tsu.ke.ta.i.
希望能具有集中力。

▶ 気を失う
ki.o.u.shi.na.u.
昏倒

例 気を失うほどの痛みです。

ki.o.u.shi.na.u.ho.do.no./i.ta.mi.de.su.

幾乎令人昏厥的痛楚。

▶ 念が入る
ne.n.ga.i.ru.
用心

例 何とも念が入ったことで、恐れ入る。

na.n.to.mo./ne.n.ga.i.tta.ko.to.de./o.so.re.i.ru.

什麼事都設想得很周到，真是令人佩服。

▶ 念を押す
ne.n.o.o.su.
再三警告

例 このことは絶対人に話すなと、彼には念を押し
ておいた。

ko.no.ko.to.wa./ze.tta.i.hi.to.ni./ha.na.su.na.to./ka.re.
ni.wa./ne.n.o.o.shi.te.o.i.ta.

我事前再三警告他，這件事絕對不能告訴別人。

▶ 元も子もない
mo.to.mo.ko.mo.na.i.
賠了夫人又折兵／偷雞不著蝕把米

例 あまり無理しないで、体を壊してしまっては
元も子もないから。

a.ma.ri.mu.ri.shi.na.i.de./ka.ra.da.o.ko.wa.shi.te.shi.
ma.tte.wa./mo.to.mo.ko.mo.na.i.ka.ra.

不要太勉強自己，要是弄壞了身體豈不是賠了夫人又
折兵。

▶ うなぎのぼり
u.na.gi.no.bo.ri.
直線上升／平步青雲

例 政府に対する不快指数もうなぎのぼりのよう
である。

se.i.fu.ni.ta.i.su.ru./fu.ka.i.shi.su.u.mo./u.na.gi.no.ba.ri.
no.yo.u./de.a.ru.

對政府不滿的指數也直線上升。

▶ すずめの涙
su.zu.me.no.na.mi.da.
十分微小／很少

例 すずめの涙のようなお年玉を貰った。

su.su.me.no.na.mi.ta.no.yo.u.na./o.to.shi.ta.ma.o.mo.ra.tta.

拿到了少得可憐的壓歲錢。

▶ 芋を洗うよう
いも　あら
i.mo.o.a.ra.u.yo.u.
人滿為患

例 どこの海水浴場も芋を洗うような混雑ぶりだ。
かいすいよくじょう　いも　あら　こんざつ

do.ko.no.ka.i.su.i.yo.ku.jo.u.mo./i.mo.o.a.ra.u.yo.u.
na./ko.n.za.tsu.bu.ri.da.

無論到哪個海水浴場都是人滿為患。

▶ 実をむすぶ
み
mi.o.mu.su.bu.
有了成果

例 努力が実を結んでの初勝利を取った。
どりょく　み　むす　はつしょうり　と

do.ryo.ku.ga.mi.o.mu.su.n.de.no./ha.tsu.sho.u.ri.o./to.
tta.

努力終於有了成果，得到了首勝。

▶ 雲を掴む
くも　つか
ku.mo.o.tsu.ka.mu.
不著邊際／虛幻不實

例 まるで雲を掴むような話で、判断が付かない。
くも　つか　はなし　はんだん　つ

ma.ru.de./ku.mo.o.tsu.ka.mu.yo.u.na./ha.na.shi.de./ha.
n.da.n.ga./tsu.ka.na.i.

因為是不著邊際的話，所以實在難以判斷。

• track 027

▶ 焼け石に水
ya.ke.i.shi.ni.mi.zu.
杯水車薪

例 ローン地獄で、ボーナスもらっても焼け石に
水だ。

ro.o.n.ji.go.ku.de./bo.o.na.su.mo.ra.tte.mo./ya.ke.i.shi.
ni.mi.zu.da.

身處貸款地獄中，就算拿到獎金也只是杯水車薪。

▶ 火に油を注ぐ
hi.ni.a.bu.ra.o.so.so.gu.
火上加油

例 あの大臣の失言は、火に油を注ぐ結果となった。

a.no.da.i.ji.n.no.shi.tsu.ge.n.wa./hi.ni.a.bu.ra.o./so.so.
gu.ke.kka.to.na.tta.

那位部長的失言，造成了火上加油的結果。

▶ 拍車をかける
ha.ku.sha.o.ka.ke.ru.
加速／促進

例 締め切りも間近に迫ってきた。そろそろ拍車を
かけるとしよう。

shi.me.ki.ri.mo./ma.ji.ka.ni.se.ma.tte.ki.ta./so.ro.so.ro.
ha.ku.sha.o.ka.ke.ru.to.shi.yo.u.

期限就近在眼前，該是加快腳步的時候了。

▶ 羽目をはずす
は め
ha.me.o.ha.zu.su.
盡情／過分

例 パーティーだからと言って、あんまり羽目を
はずさないようにね。
pa.a.ti.i.da.ka.ra.to.i.tte./a.n.ma.ri./ha.me.o.ha.zu.sa.na.
i.yo.u.ni.ne.
雖然說是派對，但也別玩得太過分喔。

▶ 後を引く
あと ひ
a.to.o.hi.ku.
影響

例 この間の一件が後を引いて、彼とはいまだに
あいだ いっけん あと ひ かれ
素直に付き合えないでいる。
すなお つ
ko.no.a.i.da.no./i.kke.n.ga./a.to.o.hi.i.te./ka.re.to.wa./i.
ma.da.ni.su.na.o.ni./tsu.ki.a.e.na.i.de.i.ru.
因為前陣子那件事的影響，我還沒辦法和他坦誠的來
往。

▶ 一から十まで
いち じゅう
i.chi.ka.ra.ju.u.ma.de.
全部

• track 028

例 彼はこちらが一から十まで指示しないと何も
しない男だ。

ka.re.wa./ko.chi.ra.ga./i.chi.ka.ra.ju.u.ma.de./shi.ji.shi.
na.i.to./na.ni.mo.shi.na.i.o.to.ko.da.

若是我們不一步步發出指令，他就什麼事都不會做。

▶ 影も形もない
ka.ge.mo.ka.ta.chi.mo.na.i.
無影無蹤／面目全非

例 ここにはかつて人が住んでいたと言うが、今は
影も形もない。

ko.ko.ni.wa./ka.tsu.te./hi.to.ga.su.n.de.i.ta./to.i.u.ga./i.
ma.wa./ka.ge.mo.ka.ta.chi.mo.na.i.

雖然這裡曾經有人住過，但現在已面目全非。

▶ 底をつく
so.ko.o.tsu.ku.
到底／探底

例 景気は底をついた。
ke.i.ki.wa./so.ko.o.tsu.i.ta.
景氣已到谷底。

▶ 一世を風靡する
いっせい ふうび

i.sse.i.o./fu.u.bi.su.ru.

風靡一時

例 昔、この歌が一世を風靡した。
むかし うた いっせい ふうび

mu.ka.shi./ko.no.u.ta.ga.i.sse.i.o.fu.u.bi.shi.ta.

這首歌以前曾經風靡一時。

▶ 雲泥の差
うんでい さ

u.n.de.i.no.sa.

天差地別

例 昔と今の生活は雲泥の差がある。
むかし いま せいかつ うんでい さ

mu.ka.shi.to.i.ma.no.se.i.ka.tsu.wa./u.n.de.i.no.sa.ga.a.ru.

以前和現代的生活真是天差地別。

▶ 閑古鳥が鳴く
かんこどり な

ka.n.ko.do.ri.ga.na.ku.

門可羅雀

例 不況であの店は閑古鳥が鳴いている。
ふきょう みせ かんこどり な

fu.kyo.u.de./a.no.mi.se.wa./ka.n.ko.do.ri.ga.na.i.te.i.ru.

因為不景氣，那家店的生意門可羅雀。

• track 029

▶ 常軌を逸する
じょうき いっ
jo.u.ki.o.i.ssu.ru.
脫離常軌

例 これは常軌を逸した行為です。
ko.re.wa./jo.u.ki.o.i.sshi.ta./ko.u.i.de.su.
這是脫離常軌的行為。

▶ 体をなす
たい
ta.i.o.na.su.
像樣

例 小説の体をなさない。
しょうせつ たい
sho.u.se.tsu.no.ta.i.o.na.sa.na.i.
不成小說的體裁。

▶ 芽を摘む
め つ
me.o.tsu.mu.
扼殺／防患未然

例 子供の想像力の芽を摘むな。
こども そうぞうりょく め つ
ko.do.mo.no.so.u.zo.u.ryo.ku.no./me.o.tsu.mu.na.
不要扼殺了孩子的想像力。

鼓勵／警告／照顧

▶ 灸を据える
きゅう す
kyu.u.o.su.e.ru.
指正／警告

---

⑳ あまりのミスで灸を据えてやった。
きゅう す
a.ma.ri.no.mi.su.de./kyu.u.o.su.e.te.ya.tta.
因為是嚴重的錯誤，所以加以指正。

▶ 目をかける
め
me.o.ka.ke.ru.
特別照顧

---

⑳ あれほど目をかけてやったのに、一人前にな
め いちにんまえ
ると知らん顔をしている。
し かお
a.re.ho.do./me.o.ka.ke.te.ya.tta.no.ni./i.chi.ni.n.ma.e.
ni.na.ru.to./shi.ra.n.ka.o.o.shi.te.i.ru.
當初對他那麼照顧，成功之後卻對我置之不理。

▶ 目を配る
め くば
me.o.ku.ba.ru.
照顧／注意

例 先生は大勢の子供たちに目を配っている。

se.n.se.i.wa./o.o.ze.i.no.ko.do.mo.ta.chi.ni./me.o.ku.
ba.tte.i.ru.

老師照顧著大批的小朋友。

▶ 親のすねをかじる

o.ya.no.su.ne.o.ka.ji.ru.

靠父母養活

例 彼は親のすねをかじって生活している。

ka.re.wa./o.ya.no.su.ne.o.ka.ji.tte./se.i.ka.tsu.shi.te.i.
ru.

他靠著父母生活。

▶ 手がかかる

te.ga.ka.ka.ru.

非常照顧／費心

例 姉は手がかかる子だったらしいです。

a.ne.wa./te.ga.ka.ka.ru.ko.da.tta.ra.shi.i.de.su.

姊姊以前好像是很讓人費心照顧的孩子。

▶ 手を貸す

te.o.ka.su.

幫忙

例 手を貸しましょうか。

te.o.ka.shi.ma.sho.u.ka.

讓我來幫你忙吧。

▶ **背に腹は替えられない**

se.ni.ha.ra.wa.ka.e.re.na.i.

迫不得已／救燃眉之急

例 借金に追われて、背に腹は替えられないので、車を売ることにした。

sha.kki.n.ni.o.wa.re.te./se.ni.ha.ra.wa./ka.e.ra.re.na.i.
no.de./ku.ru.ma.o./u.ru.ko.to.ni.shi.ta.

因為被債務逼急了，迫不得已只好把車賣了。

▶ **尻を叩く**

shi.ri.o.ta.ta.ku.

鼓勵

例 妻に尻を叩かれて、延ばし延ばしにしていた大掃除をやっと済ませた。

tsu.ma.ni./shi.ri.o.ta.ta.ka.re.te./no.ba.shi.no.ba.shi.ni./
shi.te.i.ta./o.o.so.u.ji.o./ya.tto.su.ma.se.ta.

因為妻子的鼓勵，我終於把延宕多時的大掃除完成了。

▶ 気にする
ki.ni.su.ru.
在意

例 ささいなことを気にする。
sa.sa.i.na.ko.to.o./ki.ni.su.ru.
在意小細節。

▶ 気を遣う
ki.o.tsu.ka.u.
用心／在意

例 子供の勉強中は、家中でいろいろと気を遣い
ました。
ko.do.mo.no.be.n.kyo.u.chi.u.ni.wa./i.e.chu.u.de./i.ro.i.
ro.to./ki.o.tsu.ka.i.ma.shi.ta.
孩子在讀書的時候，我對家中的許多事都多加用心。

▶ 心を鬼にする
ko.ko.ro.o.o.ni.ni.su.ru.
狠下心

例 一人前に育てるためには、時として心を鬼に
しなければならないこともあります。
i.chi.ni.n.ma.e.ni./so.da.te.ru.ta.me.ni.wa./to.ki.to.shi.
te./ko.ko.ro.o./o.ni.ni.shi.na.ke.re.ba./na.ra.na.i.ko.to.
mo./a.ri.ma.su.

為了要把孩子教育成優秀的人，有時候必需要狠下心來扮黑臉。

▶ 縁の下の力持ち

e.n.no.shi.ta.no.chi.ka.ra.mo.chi.

在背後支持／無名英雄

例 優勝が取れたのも、縁の下の力持ちとなって協力してくれた皆さんがいたからこそです。

yu.u.sho.u.ga./to.re.ta.no.mo./e.n.no.shi.ta.no.chi.ka.ra.mo.chi.to.na.tte./kyo.u.ryo.ku.shi.te.ku.re.ta./mi.ma.sa.n.ga.i.ta.ka.ra.ko.so.de.su.

我能夠得到優勝，都是因為各位在背後支持我。

▶ 油をしぼる

a.bu.ra.o.shi.bo.ru.

斥責／譴責

例 親にこってり油をしぼられた。

o.ya.ni.ko.tte.ri.a.bu.ra.o.shi.bo.ra.re.ta.

被父母狠狠的斥責了一番。

▶ 釘をさす

ku.gi.o.sa.su.

叮囑／提醒

例 絶対に言わないでねって彼に釘をさした。

ze.tta.i.ni./i.wa.na.i.de.ne./tte./ka.re.ni.ku.gi.o.sa.shi.ta.

我提醒他千萬別說出去。

▶ レールを敷く
re.e.ru.o.shi.ku.
鋪路／交涉

例 レールを敷くのが私の役目で、本番が始まったらすぐ身を引きます。

re.e.ru.o.shi.ku.no.ga./wa.ta.shi.no.ya.ku.me.de./ho.n.ba.n.ga.ha.ji.ma.tta.ra./su.gu.mi.o.hi.ki.ma.su.

我負責為事情鋪路，等正式開始時我就會退居二線。

驚訝

▶ 泡を食う
a.wa.o.ku.u.
驚慌

例 泡を食って逃げた。

a.wa.o.ku.tte.ni.ge.ta.

慌忙地逃逸。

▶ 耳を疑う
mi.mi.o.u.ta.ga.u.
懷疑自己聽到的

例 彼の話を聞いて、私は自分の耳を疑った。
ka.re.no.ha.na.shi.o.ki.i.te./wa.ta.shi.wa./ji.bu.n.no.mi.
mi.o./u.ta.ga.tta.
聽了他的話，我不禁懷疑自己是不是聽錯了。

▶ 目を疑う
me.o.u.ta.ga.u.
懷疑自己看到的

例 あの人は女だと気づき、私は自分の目を疑った。
a.no.hi.to.wa./o.n.na.da.to./ki.zu.ki./wa.ta.shi.wa./ji.
bu.n.no.me.o./u.ta.ga.tta.
發覺那個人是女的，我不禁懷疑自己是不是看錯了。

▶ 目が飛び出る
me.ga.to.bi.dc.ru.
驚人／跌破眼鏡

例 目が飛び出るほどの値段です。
me.ga.to.bi.de.ru.ho.do.no.ne.da.n.de.su.
令人跌破眼鏡的價格。

► **開いた口がふさがらない**
a.i.ta.ku.chi.ga.fu.sa.ga.ra.na.i.
瞠目結舌／傻眼

例 前に貸したお金も返していないのに、また
借金にくるんだもの、開いた口がふさがらな
いよ。

ma.e.ni.ka.shi.ta.o.ka.ne.mo./ka.e.sh.te.i.na.i.no.ni./
ma.ta.sha.kki.n.ni.ku.ru.n.da.mo.no./a.i.ta.ku.chi.ga./
fu.sa.ga.ra.na.i.yo.

之前借出的錢都還沒拿回來，他又來借錢，真是讓人
傻眼。

► **舌を巻く**
shi.ta.o.ma.ku.
驚人／瞠目結舌

例 彼の水泳の上手なのには舌を巻いた。

ka.re.no.su.i.e.i.no.jo.u.zu.na.no.ni.wa./shi.ta.o.ma.i.ta.

他的泳技超群讓人驚訝。

► **腰を抜かす**
ko.shi.o.nu.ka.su.
癱軟／嚇到腿軟

例 腰を抜かさんばかりに驚いた。

ko.shi.o.nu.ka.sa.n.ba.ka.ri.ni./o.do.ro.i.ta.

嚇了很大一跳。

▶ **気が遠くなる**

ki.ga.to.o.ku.na.ru.

昏厥／嚇傻

例 家を買わないかと勧められても、ローンの
返済を考えれば気が遠くなるような話だ。

i.e.o.ka.wa.na.i.ka.to./su.su.me.ra.re.te.mo./ro.o.n.no.
he.sa.i.o.ka.n.ga.e.re.ba./ki.ga.to.o.ku.na.ru.yo.u.na.ha.
na.shi.da.

有人勸我要不要買房子，但一想到還貸款的事就讓我
嚇得怯步。

▶ **呆気にとられる**

a.kke.ni.to.ra.re.ru.

傻眼

例 彼女はケーキ丸一個を食べたのには、皆呆気に
とられてしまった。

ka.no.jo.wa./ke.e.ki.ma.ru.i.kko.o./ta.be.ta.no.ni.wa./
mi.na.a.kke.ni.to.ra.re.te.shi.ma.tta.

她吃下了一整個蛋糕，讓大家感到傻眼。

不喜歡

▶ 尻目にかける
shi.ri.me.ni.ka.ke.ru.
無視／蔑視／拋下

例 人を尻目にかけて栄進した。
hi.to.o.shi.ri.me.ni.ka.ke.te./e.i.shi.n.shi.ta.
把同事甩在後面，自己一個人飛黃騰達。

▶ 顰蹙を買う
hi.n.shu.ku.o.ka.u.
招人嫌惡

例 暴言を吐いて人の顰蹙を買った。
bo.u.ge.n.o.ha.i.te./hi.to.no.hi.n.shu.ku.o./ka.tta.
口出惡言於是招人嫌惡。

▶ 背を向ける
se.o.mu.ke.ru.
背離／不加理睬／背叛

例 生徒たちは学校に背を向けてしまった。
se.i.to.ta.chi.wa./ga.kko.u.ni./se.o.mu.ke.te./shi.ma.tta.
學生們都不願意服從學校。

► **熱が冷める**
ne.tsu.ga.sa.me.ru.
熱情冷卻

例 野球への熱が冷めた。

ya.kyu.u.e.no.ne.tsu.ga./sa.me.ta.
對棒球的熱情已經冷卻了。

► **虫が知らせる**
mu.shi.ga.shi.ra.se.ru.
預感／事前感知

例 長年の経験でおかしい所はなんとなく虫が知らせるような感じである。

na.ga.ne.n.no.ke.i.ke.n.de./o.ka.shi.i.to.ko.ro.wa./na.n.to.na.ku./mu.shi.ga.shi.ra.se.ru.yo.u.na./ka.n.ji.de.a.ru.
以長年的經驗來看，我可以感覺到有奇怪的地方。

► **虫が好かない**
mu.shi.ga.su.ka.na.i.
莫名覺得討厭

例 あの人は初対面のときから虫が好かないと感じていた。

a.no.hi.to.wa./sho.ta.i.me.n.no.to.ki.ka.ra./mu.shi.ga.su.ka.na.i.to./ka.n.ji.te.i.ta.
第一次看到那個人就莫名討厭他。

▶ いけ好かない

i.ke.su.ka.na.i.

很討厭

例 彼はいけ好かないやつだと思ってる。

ka.re.wa./i.ke.su.ka.na.i.ya.tsu.da.to.o.mo.tte.ru.

覺得他是個討人厭的傢伙。

▶ 話にならない

ha.na.shi.ni.na.ra.na.i.

不成體統／不值一提

例 建築費がそんなにかかるのでは話にならない。

ke.n.chi.ku.hi.ga./so.n.na.ni.ka.ka.ru.no.de.wa./ha.na.
shi.ni.na.ra.na.i.

若是建築費那麼高的話就不必說了。

▶ 目の敵にする

me.no.ka.ta.ki.ni.su.ru.

很討厭

例 彼を昔から目の敵にしている。

ka.re.o./mu.ka.shi.ka.ra./me.no.ka.ta.ki.ni./shi.te.i.ru.

我從以前就很討厭他。

▶ 腑に落ちない
^ふ ^お
fu.ni.o.chi.na.i.
不能信服

例 あなたの話は、何とも腑に落ちない。
a.na.ta.no.ha.na.shi.wa./na.n.to.mo./fu.ni.o.chi.na.i.
你的話實在讓人無法心服口服。

說話

▶ 身も蓋もない
^み ^{ふた}
mi.mo.fu.ta.mo.na.i.
露骨

例 身も蓋もない言い方。
mi.mo.fu.ta.mo.na.i./i.i.ka.ta.
太過露骨的說法。

▶ 口を出す
^{くち} ^だ
ku.chi.o.da.su.
插嘴

例 あなたが横から口を出す必要はない。
a.na.ta.ga./yo.ko.ka.ra./ku.chi.o.da.su.hi.tsu.yo.u.wa./
na.i.
不需要你從旁插嘴。

► 口がすべる
ku.chi.ga.su.be.ru.
說溜嘴

例 つい口がすべって余計なことを言ってしまった。
tsu.i.ku.chi.ga.su.be.tte./yo.ke.i.na.ko.to.o./i.tte.shi.ma.tta.
不小心多嘴了。

► 口をそろえる
ku.chi.o.so.ro.e.ru.
異口同聲

例 生徒だちは何もやっていないと口をそろえて言った。
se.i.to.da.chi.wa./na.ni.mo.ya.tte.i.na.i.to./ku.chi.o.so.ro.e.te./i.tta.
學生們異口同聲地說什麼都沒做。

► 話の腰を折る
ha.na.shi.no.ko.shi.o.o.ru.
話被打斷

例 私は話すのが遅いので、いつもほかの人に話の腰を折られる。
wa.ta.shi.wa./ha.na.su.no.ga.o.so.i.no.de./i.tsu.mo.ho.ka.no.hi.to.ni./ha.na.shi.no.ko.shi.o./o.ra.re.ru.
因為我說話很慢，所以講話總是被別人打斷。

▶ 口がすっぱくなる

Ku.chi.ga.su.ppa.ku.na.ru.

苦口婆心

例 口がすっぱくなるほど注意した。

ku.chi.ga.su.ppa.ku.na.ru.ho.do./chu.u.i.shi.ta.

苦口婆心地警告。

▶ ごまをする

go.ma.o.su.ru.

拍馬屁

例 先生のごまをすったところで、簡単に合格させてくれるわけがない。

se.n.se.i.no.go.ma.o.su.tta.to.ko.ro.de./ka.n.ta.n.ni.go.u.ka.ku.sa.se.te./ku.re.ru.wa.ke.ga.na.i.

不可能因為拍老師的馬屁，就能夠輕鬆及格。

▶ 根掘り葉掘り

ne.ho.ri.ha.ho.ri.

追根究柢

例 人のことを根掘り葉掘り問いただすのはやめたほうがいいと思う。

hi.to.no.ko.to.o./ne.ho.ri.ha.ho.ri.to.i.ta.da.su.no.wa./ya.me.ta.ho.u.ga.i.i./to.o.mo.u.

我覺得最好不要追根究柢地探聽別人的事。

▶ 根も葉もない
ne.mo.ha.mo.na.i.
沒憑沒據／空穴來風

例 彼の話は根も葉もない噂にすぎない。

ka.re.no.ha.na.shi.wa./ne.mo.ha.mo.na.i.u.wa.sa.ni./su.gi.na.i.

他說的不過是沒憑沒據的謠言。

▶ 相槌を打つ
a.i.zu.chi.o.u.tsu.
附和／搭腔

例 相槌を打ちながら聞き入っている。

a.i.zu.chi.o.u.chi.na.ga.ra./ki.ki.i.tte.i.ru.

一邊附和一邊專心聽。

▶ 口がうまい
ku.chi.ga.u.ma.i.
嘴甜／伶牙俐齒

例 あの人は口がうまいから、どこまでが本当な
のかわからない。

a.no.hi.to.wa./ku.chi.ga.u.ma.i.ka.ra./do.ko.ma.de.ga./ho.n.to.u.na.no.ka./wa.ka.ra.na.i.

他很會說話，不知道哪些才是真的。

忍耐

▶ 歯を食い縛る
ha.o.ku.i.shi.ba.ru.
咬緊牙關

⑳ 歯を食い縛って頑張ります。
ha.o.ku.i.shi.ba.tte./ga.n.ba.ri.ma.su.
咬牙努力。

▶ 唇を噛む
ku.chi.bi.ru.o.ka.mu.
心有不甘

⑳ 彼は悔しそうに唇を噛んだ。
ka.re.wa./ku.ya.shi.so.u.ni./ku.chi.bi.ru.o.ka.n.da.
他好像很不甘心的樣子。

• track 038

驕傲

▶ 鼻が高い
ha.na.ga.ta.ka.i.
感到驕傲

例 兄が名門校に合格したと言うので、妹として私も鼻が高いよ。

a.ni.ga.me.i.mo.n.ko.u.ni./go.u.ka.ku.shi.ta.to.i.u.no.de./i.mo.u.to.to.shi.te./wa.ta.shi.mo./ha.na.ga.ta.ka.i.yo.

哥哥錄取了名校，身為妹妹的我也感到驕傲。

▶ 鼻にかける
ha.na.ni.ka.ke.ru.
驕傲自大／自豪

例 彼は東大出身ということを鼻にかけている。

ka.re.wa./to.u.da.i.shu.sshi.n.to.i.u.ko.to.o./ha.na.ni.ka.ke.te.i.ru.

他炫耀自己是東大畢業的。

▶ あごで使う
a.go.de.tsu.ka.u.
頤指氣使

例 彼は百人もの部下をあごで使っている。

ka.re.wa./hya.ku.ni.n.no.bu.ka.o./a.go.de.tsu.ka.tte.i.ru.

他對上百人的部下頤指氣使。

疲累

▶ 気骨が折れる
ki.bo.ne.ga.o.re.ru.

十分勞累

例 子犬の世話は気骨が折れる。

ko.i.nu.no.se.wa.wa./ki.bo.ne.ga.o.re.ru.

照顧幼犬是很勞累的工作。

▶ あごを出す
a.go.o.da.su.

精疲力竭

例 暑さであごを出してしまった。

a.tsu.sa.de./a.go.o.da.shi.te.shi.ma.tta.

因為太熱了而精疲力竭。

• track 039

► 足が棒になる
あし ぼう
a.shi.ga.bo.u.ni.na.ru.
腳痠

例 一日立ちっぱなしで、足が棒になってしまった。
いちにちた
i.chi.ni.chi.ta.chi.ppa.na.shi.de./a.shi.ga.bo.u.ni.na.tte./shi.ma.tta.
站了一天，腳變得很痠。

► 骨が折れる
ほね お
ho.ne.ga.o.re.ru.
費力

例 へそ曲がりの彼を説得するのは骨が折れる。
かれ せっとく ほね お
he.so.ma.ga.ri.no.ka.re.o./se.tto.ku.su.ru.no.wa./ho.ne.ga.o.re.ru.
要說服倔強的他實在是件費力的事。

► 身を粉にする
み こ
mi.o.ka.ni.su.ru.
粉身碎骨／不辭勞苦

例 身を粉にして働いた。
み こ はたら
mi.o.ko.ni.shi.te./ha.ta.ra.i.ta.
為了工作鞠躬盡粹。

▶ 気が散る
ki.ga.chi.ru.
分心

例 仕事をしなければと思いつつ、ついゲームの
ほうに目が行って、気が散ってしまった。
shi.go.to.o./shi.na.ke.re.ba.to./o.mo.i.tsu.tsu./tsu.i.ge.e.
mu.no.ho.u.ni./me.ga.i.tte./ki.ga.chi.tte.shi.ma.tta.
雖然想著不工作不行，但還是忍不住把視線移往遊戲
上分心了。

技術／能力

▶ 腕が上がる
u.de.ga.a.ga.ru.
進步

例 料理の腕が上がった。
ryo.u.ri.no.u.de.ga./a.ga.tta.
做菜的技巧進步了。

▶ 手が出ない
te.ga.de.na.i.
無法出手／無能為力

• track 040

例 費用が高すぎて手が出ない。
hi.yo.u.ga.ta.ka.su.gi.te./te.ga.de.na.i.
金額太高了所以無法出手。

▶ 手に余る
te.ni.a.ma.ru.
棘手／應付不了／力有未逮

例 手に余る仕事を抱え込んで、毎日残業が続いている。
te.ni.a.ma.ru.shi.go.to.o./ka.ka.e.ko.n.de./ma.i.ni.chi./za.n.gyo.u.ga./tsu.zu.i.te.i.ru.
有太多應付不了的工作，所以每天都加班。

▶ 手がない
te.ga.na.i.
沒有辦法

例 こうするよりほかに手がなかったんだ。
ko.u.su.ru.yo.ri./ho.ka.ni.te.ga.na.ka.tta.n.da.
除了這麼做沒有其他辦法了。

▶ 手も足も出ない
te.mo.a.shi.mo.de.na.i.
無能為力

例 彼の強さの前には手も足も出ない。

ka.re.no.tsu.yo.sa.no.ma.e.ni.wa./te.mo.a.shi.mo.de.na.i.

他太厲害了，在他面前我什麼都做不了。

▶ 手を抜く

te.o.nu.ku.

偷懶

例 彼は上司がいないと、すぐに仕事の手を抜く。

ka.re.wa./jo.u.shi.ga.i.na.i.to./su.gu.ni.shi.go.to.no.te.
o.nu.ku.

只要上司一不在，他就會偷懶。

▶ 手を広げる

te.o.hi.ro.ge.ru.

延伸觸角

例 駐車場経営にも手を広げる不動産業者が増え
ている。

chu.u.sha.jo.u.ke.i.e.i.ni.mo./te.o.hi.ro.ge.ru./fu.do.u.
sa.n.gyo.u.sha.ga./fu.e.te.i.ru.

將經營觸角延伸到停車場經營的不動產業者愈來愈多
了。

▶ 背伸びをする

se.no.bi.o.su.ru.

逞強／逞能

㉕ そんなに背伸びしても疲れるだけだ。

so.n.na.ni./se.no.bi.sh.te.mo./tsu.ka.re.ru.da.ke.da.

那麼逞強，也只是徒勞無功。

▶ 羽を伸ばす
ha.ne.o.no.ba.su.
放鬆／偷懶

㉕ うるさい監督者がいないので、大いに羽を伸ばす。

u.ru.sa.i.ka.n.to.ku.sha.ga.i.na.i.no.de./o.o.i.ni./ha.ne.o.no.ba.su.

煩人的監督不在，可以好好放鬆一下。

▶ どんぐりの背比べ
do.n.gu.ri.no.se.i.ku.ra.be.
半斤八兩

㉕ 今年の新人は皆どんぐりの背比べで、特に目立つ新人はいないようだ。

ko.to.shi.no.shi.n.ji.n.wa./mi.na.do.n.gu.ri.no./se.i.ku.ra.be.de./to.ku.ni.me.da.tsu.shi.n.ji.n.wa./i.na.i.yo.u.da.

今年的新人都是半斤八兩，沒有什麼特別的。

▶ さじを投げる
sa.ji.o.na.ge.ru.
束手無策

例 あれほど注意しても同じ過ちを繰り返すようでは、さじを投げたくなる。

a.re.ho.do./chu.u.i.shi.te.mo./o.na.ji.a.ya.ma.chi.o./ku.ri.ka.e.su.yo.u.de.wa./sa.ji.o.na.ge.ta.ku.na.ru.

都已經提醒過了還犯相同的錯誤，真是讓人束手無策。

▶ **箸にも棒にもかからない**
ha.shi.ni.mo.bo.u.ni.mo.ka.ka.ra.na.i.
無法對付／軟硬不吃

例 彼のような箸にも棒にもかからない人は、社会に出ても使いものにならないだろう。

ka.re.no.yo.u.na./ha.shi.ni.mo./bo.u.ni.mo.ka.ka.ra.na.i.hi.to.wa./sha.ka.i.ni.de.te.mo./tsu.ka.i.mo.no.ni.na.ra.na.i.da.ro.u.

像他這種無法對付的人，即使出了社會也沒有用的。

▶ **気が滅入る**
ki.ga.me.i.ru.
憂鬱

例 毎日雨ばかりでは、気が滅入ってしょうがない。

ma.i.ni.chi./a.me.ba.ka.ri.de.wa./ki.ga.me.i.tte.sho.u.ga.na.i.

每天都下雨，難怪會讓人憂鬱。

• track 042

► **窮余の一策**
kyu.u.yo.no.i.ssa.ku.
窮極之策／黔驢之技

例 ほかの方法がなく窮余の一策だ。

ho.ka.no.ho.u.ho.u.ga.na.ku./kyu.u.yo.no.i.ssa.ku.da.

這已是窮極之策了。

開心

► **腹を抱える**
ha.ra.o.ka.ka.e.ru.
捧腹大笑

例 一緒に腹を抱えて大笑いした。

i.ssho.ni./ha.ra.o.ka.ka.e.te./o.o.wa.ra.i.shi.ta.

一起捧腹大笑。

► **抱腹絶倒**
ho.u.fu.ku.ze.tto.u.
捧腹大笑

例 抱腹絶倒のトークで盛り上げている。

ho.u.fu.ku.ze.tto.u.no./to.o.ku.de./mo.ri.a.ge.te.i.ru.

用令人捧腹大笑的談話來炒熱氣氛。

其他

▶ 胡坐をかく
<ruby>胡坐<rt>あぐら</rt></ruby>をかく
a.gu.ra.o.ka.ku.
鬆懈／不警惕而放鬆

例 胡坐をかいていては何の進歩もない。
a.gu.ra.o.ka.i.te.i.te.wa./na.n.no.shi.n.po.mo.na.i.
若是鬆懈的話則不會進步。

▶ 折り紙をつける
o.ri.ga.mi.o.tsu.ke.ru.
保證／背書

例 この商品は、私が折り紙をつけます。
ko.no.sho.u.hi.n.wa./wa.ta.shi.ga./o.ri.ga.mi.o.tsu.ke.
ma.su.
我可以保證這個商品的品質。

▶ 片棒を担ぐ
ka.ta.bo.u.o.ka.tsu.gu.
合作

例 詐欺の片棒を担ぐ。
sa.gi.no.ka.ta.bo.u.o./ka.tsu.gu.
合夥詐騙。

• track 043

▶ 尻馬に乗る
shi.ri.u.ma.ni.no.ru.
盲從／附和

例 人の尻馬に乗って騒ぐ。

hi.to.no.shi.ri.u.ma.ni./no.tte.sa.wa.gu.

跟著別人瞎起鬨。

▶ 足を延ばす
a.shi.o.no.ba.su.
順道前往

例 出張で大阪まで来たついでに、京都まで足を
延ばして、友人の家をたずねることにした。

shu.ccho.u.de./o.o.sa.ka.ma.de./ki.ta.tsu.i.de.ni./kyo.u.
to.ma.de./a.shi.o.no.ba.shi.te./yu.u.ji.n.no.i.e.o./ta.zu.
ne.ru.ko.to.ni./shi.ta.

趁著出差到大阪的機會，順便到京都一趟，到朋友家
拜訪。

▶ **棚に上げる**
たな　あ
ta.na.ni.a.ge.ru.
置之不理／佯裝不知情

例 自分のことは棚に上げて、よくそれだけ人の
じぶん　　　　　　たな　あ　　　　　　　　　　　ひと
悪口が言えるね。
わるくち　い
ji.bu.n.no.ko.to.wa./ta.na.ni.a.ge.te./yo.ku.so.re.da.ke./
hi.to.no./wa.ru.ku.chi.ga./i.e.ru.ne.
也不看看自己，還敢這樣大說別人的壞話。

▶ **後の祭り**
あと　まつ
a.to.no.ma.tsu.ri.
放馬後炮／事後諸葛

例 ことが起こってから行動を起こしても後の祭り
　　　　　お　　　　　　　こうどう　　お　　　　　　　あと　まつ
だ。
ko.to.ga.o.ko.tte.ka.ra./ko.u.do.u.o.o.ko.shi.te.mo./a.to.
no.ma.tsu.ri.da.
事起已經發覺了才行動已經是事後諸葛了。

▶ **耳が遠い**
みみ　とお
mi.mi.ga.to.o.i.
耳背

例 おじいさんは耳が遠いです。
　　　　　　　　みみ　とお
o.ji.i.sa.n.wa./mi.mi.ga./to.o.i.de.su.
爺爺耳背了。

• track 043

▶ 顔を出す
ka.o.o.da.su.
参加／出席

例 明日の送別会、課長も顔を出すそうです。
a.shi.ta.no.so.u.be.tsu.ka.i./ka.cho.u.mo./ka.o.o.da.su./
so.u.de.su.
明天的歡送會，聽說課長也會來。

情境會話

• track 044

問候

▶ やあ。
ya.a.
嘿!

▶ こんにちは。
ko.n.ni.chi.wa.
你好!

▶ はじめまして。
ha.ji.me.ma.shi.te.
你好嗎?(初次見面用語)

▶ よろしくお願いします。
yo.ro.shi.ku./o.ne.ga.i.shi.ma.su.
請多多指教。

▶ お元気ですか?
o.ge.n.ki.de.su.ka.
你好嗎?

▶ お久しぶりです。
o.hi.sa.shi.bu.ri.de.su.
好久不見。

▶ 今日はいい天気ですね。
kyo.u.wa./i.i.te.n.ki.de.su.ne.
今天天氣真好。

▶ 最近はどうですか？
sa.i.ki.n.wa./do.u.de.su.ka.
最近過得如何？

▶ ご家族は元気ですか？
go.ka.zo.ku.wa./ge.n.ki.de.su.ka.
你的家人好嗎？

▶ 田中さんは元気ですか？
ta.na.ka.sa.n.wa./ge.n.ki.de.su.ka.
田中先生好嗎？

▶ 今日もお願いします。
kyo.u.mo./o.ne.ga.i.shi.ma.su.
今天也請多多指教。

▶ 先日はどうも。
se.n.ji.tsu.wa./do.u.mo.
前幾天謝謝你了。

▶ どうも。
do.u.mo.
你好。／謝謝。

▶ 元気？
ge.n.ki.
還好吧？

▶ お帰りなさい。
o.ka.e.ri.na.sa.i.
你回來啦！

▶ やあ、こんにちは。
ya.a./ko.n.ni.chi.wa.
嘿，你好。

▶ ご無沙汰しております。
go.bu.sa.ta.shi.te.o.ri.ma.su.
好久不見。(較禮貌)

• track 045

▶ **おはようございます。**
o.ha.yo.u./go.za.i.ma.su.
早安。

▶ **こんばんは。**
ko.n.ba.n.wa.
晚上好。

▶ **おやすみなさい。**
o.ya.su.mi.na.sa.i.
晚安。

▶ **そうですね。**
so.u.de.su.ne.
是啊！

▶ **いいえ、こちらこそ。**
i.i.e./ko.chi.ra.ko.so.
不，我才是。

▶ **まあまあです。**
ma.a.ma.a.de.su.
馬馬虎虎啦！

▶ 風邪を引いたんです。
ka.ze.o./hi.i.ta.n.de.su.
不太好。我感冒了。

▶ 大変です。
ta.i.he.n.de.su.
不太好。

▶ ただいま。
ta.da.i.ma.
我回來了。

▶ どうも。
do.u.mo.
你好。/謝謝。

▶ ええ。
e.e.
嗯。

▶ またお会いできてよかったです。
ma.ta./o.a.i.de.ki.te./yo.ka.tta.de.su.
很高興能再與您見面。

● track 046

▶ 今日のご気分はいかがですか。
kyo.u.no.go.ki.bu.n.wa./i.ka.ga.de.su.ka.
今天覺得如何？

▶ 元気です。木村さん、あなたのほう
は。
ge.n.ki.de.su./ki.mu.ra.sa.n./a.na.ta.no.ho.u.wa.
我很好。木村先生，你呢？

▶ 気分はどうですか。
ki.bu.n.wa./do.u.de.su.ka.
覺得怎麼樣呢？／你好嗎？

▶ あまり良くないです。ちょっと頭が
痛いんです。
a.ma.ri.yo.ku.na.i.de.su./cho.tto.a.ta.ma.ga.i.ta.i.n.de.su.
不太好。我的頭有點痛。

▶ 奥さんはいかがですか。
o.ku.sa.n.wa./i.ka.ga.de.su.ka.
夫人最近好嗎？

● track 047

▶ ご家族の皆さんは元気ですか。
go.ka.zo.ku.no.mi.na.sa.n.wa./ge.n.ki.de.su.ka.
您的家人都安好嗎?

▶ 調子はどう。
cho.u.shi.wa./do.u.
過得如何?／進行得如何?

▶ 何か変わったことは。
na.ni.ka./ka.wa.tta.ko.to.wa.
有什麼不對勁嗎?

▶ いや、別に。
i.ya./be.tsu.ni.
不,沒什麼。

▶ 数週間振りですね。どうしてました。
su.u.shu.u.ka.n.bu.ri.de.su.ne./do.u.shi.te.ma.shi.ta.
好幾週不見了,最近過得如何?

問路／告知地點

▶ あのう、すみませんが。
a.no./su.mi.ma.se.n.ga.
呃，不好意思。

▶ すみませんが、図書館まではどう
やって行きますか？
su.me.ma.se.n.ga./to.sho.ka.n.ma.de.wa./do.u.ya.tte./i.
ki.ma.su.ka.
不好意思，請問到圖書館該怎麼走。

▶ すみませんが、図書館はどこです
か？
su.mi.ma.se.n.ga./yo.sho.ka.n.wa./do.ko.de.su.ka.
請問，圖書館在哪裡？

▶ すみませんが、図書館ってどの辺に
ありますか。
su.mi.ma.se.n.ga./to.sho.ka.n.tte./do.no.a.ta.ri.ni./a.ri.
ma.su.ka.
不好意思，請問圖書館在哪邊？

► 図書館はどこにありますか？
to.sho.ka.n.wa./do.ko.ni./a.ri.ma.su.ka.
圖書館在哪裡呢？

► このバスは市役所行きですか？
ko.no.ba.su.wa./shi.ya.ku.sho.yu.ki./de.su.ka.
這班公車有到市公所嗎？

► すみませんが、この辺に図書館があ
りませんか？
su.mi.ma.se.n.ga./ko.ni.he.n.ni./to.sho.ka.n.ga./a.ri.ma.
se.n.ka.
不好意思，請問這附近有圖書館嗎？

► 図書館へはどうやって行けばいいで
しょうか？
to.sho.ka.n.e.wa./do.u.ya.tte.i.ke.ba./i.i.de.sho.u.ka.
圖書館該怎麼去呢？

► ここはどこですか？
ko.ko.wa./do.ko.de.su.ka.
這裡是哪裡？

▶ どうやって行きますか?
do.u.ya.tte./i.ki.ma.su.ka.
怎麼走?

▶ 何で行きますか?
na.n.de./e.ki.ma.su.ka.
該用什麼方式到達?

▶ どこですか?
do.ko.de.su.ka.
在哪裡呢?

▶ どこ?
do.ko.
哪裡?

▶ こっちですか?
ko.cchi.de.su.ka.
是這裡嗎?

▶ 二番目の交差点を右に曲がります。
ni.ba.n.me.no./ko.sa.te.n.o./mi.gi.ni.ma.ga.ri.ma.su.
在第二個十字路口向右轉。

▶ 二つ目の信号を右に曲がります。
fu.ta.tsu.me.no.shi.n.go.o.o./mi.gi.ni.ma.ga.ri.ma.su.
第二個紅綠燈處向右走。

▶ この道を真っ直ぐ行きます。
ko.mo.mi.chi.o./ma.ssu.gu.i.ki.ma.su.
沿著這條路直走。

▶ 5番のバスです。「動物園前」でバスを降ります。
go.ba.n.no.ba.su.de.su./do.u.bu.tsu.e.n.ma.e.de./ba.su.o.o.ri.ma.su.
搭乘五號公車，在「動物園前」站下車。

▶ あのアパートの向こうです。
a.no.a.pa.a.to.no./mu.ko.u.de.su.
就在那棟公寓那邊。

▶ 真っ直ぐ行って、一つ目の信号を左に曲がります。
ma.ssu.gu.i.tte./hi.to.tsu.me.no.shi.n.go.o./hi.da.ri.ni./ma.ga.ri.ma.su.
一直向前走，然後在第一個紅綠燈處向左轉。

▶ わたしもそこに行くところなんです。そこまで案内します。

wa.ta.shi.mo./so.ko.ni.i.ku./to ko.ro.na.n.de.su./so.ko.ma.de./a.n.na.i.shi.ma.su.

我正好要去那兒。我帶你去。

▶ 歩いて十五分くらいですね

a.ru.i.te./ju.u.go.fu.n./ku.ra.i.de.su.ne.

步行大約需要十五分鐘。

▶ 車で十五分くらいですね。

ku.ru.ma.de./ju.u.go.fu.n./ku.ra.i.de.su.ne.

從這兒搭車大約十五分鐘。

▶ 最寄り駅は上野駅です。

mo.yo.ri.e.ki.wa./u.e.no.e.ki.de.su.

最近的車站是上野車站。

▶ ここです。

ko.ko.de.su.

就是這裡。

▶ 通りの右側です。
to.o.ri.no./mi.gi.ga.wa.de.su.
在道路的右側。

▶ 歩いていけます。
a.ru.i.te.i.ke.ma.su.
用走的就能到。

電話禮儀

▶ もしもし、卓弥さんはいらっしゃい
ますか？

mo.shi.mo.shi./ta.ku.ya.sa.n.wa./i.ra.ssha.i.ma.su.ka.
你好！卓彌先生在嗎？

▶ 大田ですが、鈴木さんはいらっしゃ
いますか？

o.o.ta.de.su.ga./su.zu.ki.sa.n.wa./i.ra.ssha.i.ma.su.ka.
我是大田，請問鈴木先生在嗎？

▶ もしもし、玲子?
mo.shi.mo.shi./re.i.ko.
你好！玲子嗎？

▶ お父さんはいらっしゃる?
o.to.u.sa.n.wa./i.ra.ssha.ru.
令尊在家嗎？

▶ 営業部の堂本さんをお願いします。
e.i.gyo.u.bu.no./do.u.mo.to.sa.n.o./o.ne.ga.i.shi.ma.su.
請幫我接業務部的堂本先生。

▶ もしもし、森田さんのお宅ですか?
mo.shi.mo.shi./mo.ri.ta.sa.n.no./o.ta.ku.de.su.ka.
請問是森田先生家嗎。

▶ 後ほどまた電話をします。
no.chi.ho.do./ma.ta.de.n.wa.o.shi.ma.su.
稍後會再打電話來。

▶ 伝言をお願いできますか?
de.n.go.n.o./o.ne.ga.i./de.ki.ma.su.ka.
可以請你幫我留言嗎？

▶ 伝言をお願いします。
de.n.go.n.o./o.ne.ga.i.shi.ma.su.
請幫我留言。

▶ 中井から電話があったことを伝えて
いただけますか？

na.ka.i.ka.ra./de.wa.ga.a.tta.ko.to.o./tsu.ta.e.te.i.ta.da.
ke.ma.su.ka.
可以幫我轉達中井曾經打電話來過嗎？

▶ また掛けなおします。
ma.ta./ka.ke.na.o.shi.ma.su.
我等一下再打來。

▶ メッセージをお願いしたいのです
が。

me.sse.e.ji.o./o.ne.ga.i./shi.ta.i.no.de.su.ga.
我想要留言。

▶ また連絡します。
ma.ta./re.n.ra.ku.shi.ma.su.
我會再打來。

▶ また後で掛けます。

ma.ta./a.to.de./ka.ke.ma.su.

我等一下再打。

▶ はい。佐藤です。

ha.i./sa.to.u.de.su.

我是佐藤。

▶ どちら様でしょうか？

do.chi.ra.sa.ma./de.sho.u.ka.

請問您是哪位？

▶ はい、少々お待ちください。

ha.i./sho.u.sho.u./o.ma.chi.ku.da.sa.i.

請稍待。

▶ あいにくまだ帰っておりませんが

…。

a.i.ni.ku./ma.da.ka.e.tte./o.ri.ma.se.n.ga.

不巧他還沒回來。

▶ 話中です。もう一度おかけ直しく

ださい。

ha.na.shi.chu.u.de.su./mo.u.i.chi.do./o.ka.ke.na.o.shi.
te./ku.da.sa.i.

電話占線中。請再撥一次。

• track 052

▶ とも ひさ いま る す
智久は今留守にしていますが。
to.mo.hi.sa.wa./i.ma./ru.su.ni.shi.te.i.ma.su.ga.
智久現在不在家。

▶ でん わ か さ とう
お電話代わりました。佐藤です。
o.de.n.wa.ka.wa.ri.ma.shi.ta./sa.to.u.de.su.
電話換人接聽了，我是佐藤。

▶ でん ごん うけたまわ
ご伝言を承りましょうか？
go.de.n.go.n.o./u.ke.ta.ma.wa.ri.shi.ma.sho.u.ka.
需要留言嗎？

▶ でん ごん つた
伝言をお伝えしましょうか？
de.n.go.n.o./o.tsu.ta.e.shi.ma.sho.u.ka.
我能幫你留言嗎？

▶ まち が でん わ
間違い電話です。
ma.chi.ga.i.de.n.wa.de.su.
你打錯電話了。

▶ た なか いま せき はず
田中は今席を外しておりますが。
ta.na.ka.wa./i.ma./se.ki.o.ha.zu.shi.te./o.ri.ma.su.ga.
田中現在不在位置上。

• track 052

▶ はい、よろしいです。
ha.i./yo.ro.shi.i.de.su.
好的，可以。

▶ お名前を伺ってよろしいですか？
o.na.ma.e.o./u.ka.ga.tte./yo.ro.shi.i.de.su.ka.
請問大名。

▶ 夜に掛けなおしていいかな？
yo.ru.ni./ka.ke.na.o.shi.te./i.i.ka.na.
晚上打給你可以嗎？

▶ すいません。バタバタしてしまって。
su.i.ma.se.n./ba.ta.ba.ta.shi.te./shi.ma.tte.
不好意思，我要先去忙了。

時間日期

▶ 今何時ですか？
i.ma.na.n.ji.de.su.ka.
現在幾點？

• track 053

▶ いつですか?
i.tsu.de.su.ka.
什麼時候?

▶ 今日、何曜日ですか?
kyo.u./na.n.yo.u.bi.de.su.ka.
今天星期幾?

▶ どのくらいですか?
do.no.ku.ra.i.de.su.ka.
需要多久時間?

▶ 何時から何時までですか?
na.n.ji.ka.ra./na.n.ji.ma.de./de.su.ka.
幾點到幾點呢?

▶ 何日ですか?
na.n.ni.chi.de.su.ka.
幾號呢?

▶ 何時何分ですか?
na.n.ji.na.n.pu.n.de.su.ka.
幾點幾分呢?

▶ いつ帰りますか？
i.tsu.ka.e.ri.ma.su.ka.
何時回去？

▶ いつ台湾に来ましたか？
i.tsu.ta.i.wa.n.ni./ki.ma.shi.ta.ka.
何時來台灣的？

▶ お誕生日はいつですか？
o.ta.n.jo.u.bi.wa./i.tsu.de.su.ka.
生日是什麼時候？

▶ いつからですか？
i.tsu.ka.ra.de.su.ka.
什麼時候開始？

▶ 十時からでしょう？
ju.u.ji.ka.ra.de.sho.u.
是十點吧？

▶ 時間はかかりますか。
ji.ka.n.wa./ka.ka.ri.ma.su.ka.
很花時間嗎？

• track 054

▶お届け日とお届け時間がご指定でき

ますが、いかがなさいますか？

o.to.do.ke.bi.to./o.to.do.ke.ji.ka.n.ga./go.shi.te.i.de.ki.
ma.su.ga./i.ka.ga.na.sa.i.ma.su.ka.

可以指定送達的日期和時間。要指定嗎？

▶七時です。

shi.chi.ji.de.su.

七點整。

▶三時半です。

sa.n.ji.ha.n.de.su.

三點半。

▶一月九日です。

i.chi.ga.tsu./ko.ko.no.ka.de.su.

一月九日。

▶五時から八時までです。

go.ji.ka.ra./ha.chi.ji.ma.de.de.su.

五點到八點。

▶ 六時間かかります。
ro.ku.ji.ka.n./ka.ka.ri.ma.su.
要花六小時。

▶ 午前二時です。
go.ze./n.ni.ji.de.su.
凌晨兩點。

▶ 午後九時です。
go.go./ku.ji.de.su.
晚上九點。

▶ 十二時まであと五分。
ju.u.ni.ji.ma.de./a.to.go.fu.n.
差五分鐘十二點。

▶ 二泊三日です。
ni.ha.ku./mi.kka.de.su.
三天兩夜。

▶ 今日は祝日です。
kyo.u.wa./shu.ku.ji.tsu.de.su.
今天是國定假日。

• track 055

▶ 届け時間は八時から十二時にしてい
ただけますか？

to.do.ke.ji.ka.n.wa./ha.chi.ji.ka.ra./ju.u.ni.ji.ni./shi.te./
i.ta.da.ke.ma.su.ka.

可以請你在八點到十二點間送來嗎？

▶ 明日までに出してください。
a.shi.ta.ma.de.ni./da.shi.te./ku.da.sa.i.
請在明天前交出來。

▶ 四時十分前です。
yo.ji.ju.u.bu.n.ma.e.de.su.
三點五十分。

▶ 六時半に駅前で待ち合わせましょ
う。

ro.ku.ji.ha.n.ni./e.ki.ma.e.de./ma.chi.a.wa.se.ma.sho.u.
六點半在車站前碰面。

歉意

▶ すみません。
su.mi.ma.se.n.
抱歉。

▶ ごめんなさい。
go.me.n.na.sa.i.
對不起。

▶ すみませんでした。
su.mi.ma.se.n.de.shi.ta.
真是抱歉。

▶ 申し訳ありません。
mo.u.shi.wa.ke./a.ri.ma.se.n.
深感抱歉。

▶ 申し訳ございません。
mo.u.shi.wa.ke./go.za.i.ma.se.n.
深感抱歉。

▶ 遅くてすみません。
o.so.ku.te./su.mi.ma.se.n.
不好意思，我遲到了。

▶ 失礼します。
shi.tsu.re.i.shi.ma.su.
不好意思。

▶ 許してください。
yu.ru.shi.te./ku.da.sa.i.
請願諒我。

▶ お邪魔します。
o.ja.ma.shi.ma.su.
打擾了。

▶ 恐れ入ります。
o.so.re.i.ri.ma.su.
抱歉打擾了。

▶ すまん。
su.ma.n.
歹勢。

▶ ごめんね。
go.me.n.ne.
不好意思啦！

▶ ご迷惑をおかけしました。
go.me.i.wa.ku.o./o.ka.ke.shi.ma.shi.ta.
給您添麻煩了。

▶ 大目に見てください。
o.o.me.ni./mi.te./ku.da.sa.i.
請多多包涵。

▶ わたしが悪いです。
wa.ta.shi.ga./wa.ru.i.de.su.
都是我不好。

原諒

▶ 大丈夫です。
da.i.jo.u.bu.de.su.
沒關係。

▶ **かまいません。**
ka.ma.i.ma.se.n.
沒關係！

▶ **大したことではありません。**
ta.i.shi.ta.ko.to./de.wa.a.ri.ma.se.n.
沒什麼！

▶ **あなたのせいじゃない。**
a.na.ta.no.se.i.ja.na.i.
不是你的錯！

▶ **気にしないで。**
ki.ni.shi.na.i.de.
不要在意！

▶ **いえいえ。**
i.e.i.e.
不要緊的！

▶ **平気平気。**
he.i.ki./he.i.ki.
沒關係！

▶ いいえ。
i.i.e.
沒關係！

▶ 心配しないで。
shi.n.pa.i.shi.na.i.de.
別為此事擔心！

▶ こちらこそ。
ko.chi.ra.ko.so.
我才感到抱歉。

▶ いいのよ。
i.i.no.yo.
沒關係啦！

▶ ぜんぜん気にしていません。
ze.n.ze.n./ki.ni.shi.te./i.ma.se.n.
我一點都不在意。

▶ いいや。
i.i.ya.
不會。

• track 058

▶こっちのほうは気にしなくても
大丈夫だよ。

ko.cchi.no.ho.u.wa./ki.ni.shi.na.ku.te.mo./da.i.jo.u.bu.da.
yo.

不用在乎我的想法。

協助

▶どうしましたか？
do.u.shi.ma.shi.ta.ka.

怎麼了嗎？

▶お持ちしましょうか？
o.mo.chi.shi.ma.sho.u.ka.

需要我幫你拿嗎？

▶何かお困りですか？
na.ni.ka./o.ko.ma.ri.de.su.ka.

有什麼困擾嗎？

▶お手伝いしましょうか？
o.te.tsu.da.i.shi.ma.sho.u.ka.

讓我來幫你。

▶ 荷物を運ぶのを手伝いましょうか。

ni.mo.tsu.o./ha.ko.bu.no.o./te.tsu.da.i.ma.sho.u.ka.

這個我來幫你拿行李吧！

▶ 任せてください。

ma.ka.se.te.ku.da.sa.i.

交給我吧！

▶ 大丈夫ですか？

da.i.jo.u.bu.de.su.ka.

有什麼問題嗎？

▶ 何か御用があれば、お呼びください。

na.ni.ka./go.yo.u.ga.a.re.ba./o.yo.bi.ku.da.sa.i.

有任何需要，請叫我。

▶ 何かありましたらまたお呼びください。

na.ni.ka.a.ri.ma.shi.ta.ra./ma.ta./o.yo.bi.ku.da.sa.i.

如果有什麼問題，請再叫我。

▶ 手伝おうか？
te.tsu.da.o.u.ka.
我來幫你一把吧！

▶ お替りいかがですか？
o.ka.wa.ri./i.ka.ga.de.su.ka.
要不要再來一碗（杯）？

▶ 駅まで車で送りますよ。
e.ki.ma.de./ku.ru.ma.de./o.ku.ri.ma.su.yo.
我開車送你到車站吧！

▶ どうぞお使いになってください。
do.u.zo./o.tsu.ka.i.ni.na.tte./ku.da.sa.i.
請拿去用。

▶ よかったらこの掃除機、使ってもらえませんか？
yo.ka.tta.ra./ko.no.so.u.ji.ki./tsu.ka.tte./mo.ra.e.ma.se.n.ka.
不嫌棄的話，請用這臺吸塵器。

致謝

▶ ありがとうございます。
a.ri.ga.to.u./go.za.i.ma.su.
謝謝你的幫助！

▶ 手伝ってくれてありがとう。
te.tsu.da.tte.ku.re.te./a.ri.ga.to.u.
感謝你的協助！

▶ どうもわざわざありがとう。
do.u.mo./wa.za.wa.za.a.ri.ga.to.u.
真是太麻煩你了。

▶ 感謝いたします。
ka.n.sha.i.ta.shi.ma.su.
誠心感謝。

▶ どうも失礼いたしました。
do.u.mo./shi.tsu.re.i.i.ta.shi.ma.shi.ta.
真不好意思麻煩你。／我先離開了。

▶ すみませんでした。
su.mi.ma.se.n.de.shi.ta.
麻煩你了。／不好意思。

▶ 結構です。
ke.kko.de.su.
我可以自己來。／不用了。

▶ 遠慮しておきます。
e.n.ryo.shi.te.o.ki.ma.su.
不了，謝謝。

▶ お気持ちだけ頂戴いたします。
o.ki.mo.chi.da.ke.cho.u.da.i./i.ta.shi.ma.su.
你的好意我心領了。

▶ ありがとう。
a.ri.ga.to.u.
謝啦。

▶ どうもご親切に。
do.u.mo./go.shi.n.se.tsu.ni.
謝謝你的關心。

▶ どうも。お願いします。
do.u.mo./o.ne.ga.i.shi.ma.su.
謝謝，麻煩你了。

▶ いいですか？
i.i.de.su.ka.
可以嗎？

▶ すいません。
su.i.ma.se.n.
不好意思。

請對方不必客氣

▶ どういたしまして。
do.u.i.ta.shi.ma.shi.te.
不客氣。

▶ いいんですよ。
i.i.n.de.su.yo.
不用客氣。

▶ いいえ。
i.i.e.
沒什麼。

▶ こちらこそ。
ko.chi.ra.ko.so.
彼此彼此。

▶ こちらこそお世話になります。
ko.chi.ra.ko.so./o.se.wa.ni.na.ri.ma.su.
我才是受你照顧了。

▶ そんなに気を遣わないでください。
so.n.na.ni./ki.o.tsu.ka.wa.na.i.de./ku.da.sa.i.
不必那麼客氣。

▶ 光栄です。
ko.u.e.i.de.su.
這是我的榮幸。

▶ また機会があったら是非。
ma.ta./ki.ka.i.ga.a.tta.ra./ze.hi.
還有機會的話希望還能合作。

▶ 大したことじゃない。
ta.i.shi.ta.ko.to.ja.na.i.
沒什麼大不了的。

▶ ほんのついでだよ。
ho.n.no.tsu.i.de.da.yo.
只是順便。

▶ 大したものでもありません。
ta.i.shi.ta.mo.no./de.mo.a.ri.ma.se.n.
不是什麼高級的東西。

▶ それはよかったです。
so.re.wa./yo.ka.tta.de.su.
那真是太好了。

▶ 喜んでいただけて、光栄です。
yo.ro.ko.n.de./i.ta.da.ke.te./ko.u.e.i.de.su.
您能感到高興，我也覺得很光榮。

• track 062

贊成

▶ そうですね。
so.u.de.su.ne.
就是說啊。

▶ 間違いありません。
ma.chi.ga.i./a.ri.ma.se.n.
肯定是。

▶ おっしゃるとおりです。
o.ssha.ru.to.o.ri.de.su.
正如您所說的。

▶ 賛成です。
sa.n.se.i.de.su.
我完全同意你所說的。

▶ そう思います。
so.u.o.mo.i.ma.su.
那正是我所想的！

▶もちろんです。
mo.chi.ro.n.de.su.
毫無疑問。

▶なるほど。
na.ru.ho.do.
原來如此。

▶そうとも言えます。
so.u.to.mo.i.e.ma.su.
也可以這麼說。

▶まったくです。
ma.tta.ku.de.su.
完全正確。

▶確かに。
ta.shi.ka.ni.
確實如此。

▶はい。
ha.i.
好。

▶ 大賛成。
だいさんせい
da.i.sa.n.se.i.
完全同意。

▶ いいね。
i.i.ne.
不錯唷！

▶ いいじゃん。
i.i.ja.n.
還不賴耶！

▶ 問題ないです。
もんだい
mo.n.da.i.na.i.de.su.
沒問題。

▶ ですよね。
de.su.yo.ne.
就是說啊！

反對

▶ さあ。
sa.a.
我不這麼認為。

▶ そうではありません。
so.u.de.wa./a.ri.ma.se.n.
不是這樣的。

▶ どうかな。
do.u.ka.na.
是這樣嗎？

▶ ちょっと違うなあ。
cho.tto.chi.ga.u.na.a.
我不這麼認為。

▶ 賛成しかねます。
sa.n.se.i.shi.ka.ne.ma.su.
我無法苟同。

▶ 賛成できません。
sa.n.se.i.de.ki.ma.se.n.
我不賛成。

▶ 反対です。
ha.n.ta.i.de.su.
我反對。

▶ 言いたいことは分かりますが。
i.i.ta.i.ko.to.wa./wa.ka.ri.ma.su.ga.
雖然你說的也有道理。

▶ 他になんかありますか？
ho.ka.ni./na.n.ka.a.ri.ma.su.ka.
還有其他說法嗎？

▶ いいとは言えません。
i.i.to.wa./i.e.ma.se.n.
我無法認同。

▶ そうじゃないです。
so.u.ja.na.i.de.su.
不是這樣的。

▶ どうだろうなあ。
do.u.da.ro.u.na.a.
不是吧！

▶ 無理です。
mu.ri.de.su.
不可能。

▶ だめだ。
da.me.da.
不可以。

▶ そうかなあ。
so.u.ka.na.a.
真是這樣嗎？

▶ 見ちゃだめ。
mi.cha.da.me.
不可以看。

▶ 忘れないで。
wa.su.re.na.i.de.
不要忘了。

▶ けんかしないで。
ke.n.ka.shi.na.i.de.
不要吵架。

▶ 眠っちゃだめ。
ne.mu.ccha.da.me.
不可以睡著。

▶ 泣かないで。
na.ka.na.i.de.
不要哭。

▶ 入らないで。
ha.i.ra.na.i.de.
不可以進去。

▶ 入っちゃだめ。
ha.i.ccha.da.me.
不可以進去。

▶ するな。
su.ru.na.
不能做。

情緒用語

▶ 嬉しいです。
u.re.shi.i.de.su.
真開心。

▶ 気持ちが晴れました。
ki.mo.chi.ga./ha.re.ma.shi.ta.
心情變得輕鬆多了。

▶ 面白いです。
o.mo.shi.ro.i.de.su.
真是有趣啊！

▶ 助かりました。
ta.su.ka.ri.ma.shi.ta.
得救了。

▶ よかった！
yo.ka.tta.
太好了！

▶ ラッキー。
ra.kki.i.
真幸運！

▶ 悔しいです。
ku.ya.shi.i.de.su.
真不甘心！

▶ 困りました。
ko.ma.ri.ma.shi.ta.
真困擾。

▶ 情けない。
na.sa.ke.na.i.
好丟臉。

▶ 残念です。
za.n.ne.n.de.su.
太可惜了。

▶ お気の毒です。
o.ki.no.do.ku.de.su.
很遺憾知道這件事。

▶ 胸がいっぱいになりました。
mu.ne.ga.i.ppa.i.ni./na.ri.ma.shi.ta.
有好多感觸。

▶ 落ち込んでます。
o.chi.ko.n.de.ma.su.
心情低落。

▶ つまらない。
tsu.ma.ra.na.i.
真無聊。

▶ むかつく。
mu.ka.tsu.ku.
真是火大！

▶ 腹が立つ。
ha.ra.ga.ta.tsu.
真氣人！

▶ うんざりする。
u.n.za.ri.su.ru.
煩死了。

▶ もういいよ。
mo.u.i.i.yo.
我都膩了。

▶ 黙れ。
da.ma.re.
閉嘴！

▶ びっくりしました。
bi.kku.ri.shi.ma.shi.ta.
嚇我一跳！

▶ 驚きました。
o.do.ro.ki.ma.shi.ta.
真是震驚。

▶ まさか。
ma.sa.ka.
不會吧！

用餐

▶ お腹がすきました。
o.na.ka.ga.su.ki.ma.shi.ta.
我餓了！

▶ いただきます。
i.ta.da.ki.ma.su.
開動。

▶ お腹いっぱいです。
o.na.ka.i.ppa.i.de.su.
好飽啊。

▶ おかわりください。
o.ka.wa.ri.ku.da.sa.i.
再來一份。／再來一碗。

▶ 何か飲みに行きませんか？
na.ni.ka./no.mi.ni./i.ki.ma.se.n.ka.
要不要去喝一杯？

▶ ご飯を食べに行きませんか？
go.ha.n.o./ta.be.ni./i.ki.ma.se.n.ka.
要不要去吃飯？

▶ どのお店に入りましょうか？
do.no.o.mi.se.ni./ha.i.ri.ma.sho.u.ka.
要吃哪一家呢？

▶ ここにしましょうか？
ko.ko.ni.shi.ma.sho.u.ka.
就吃這一家吧！

▶ ご注文をうかがいます。
go.chu.u.mo.n.o./u.ka.ga.i.ma.su.
請問要點些什麼？

▶ 日本料理が好きです。
ni.ho.n.ryo.u.ri.ga./su.ki.de.su.
我喜歡日本料理。

▶ 一緒に食べましょうか？
i.ssho.ni.ta.be.ma.sho.u.ka.
你想一起用餐嗎？

▶ 何が食べたいですか?
na.ni.ga.ta.be.ta.i.de.su.ka.
你想吃什麼?

▶ 先に食券をお求めください。
sa.ki.ni./sho.kke.n.o./o.mo.to.me.ku.da.sa.i.
請先買餐券。

▶ お勧めは何ですか?
o.su.su.me.wa./na.n.de.su.ka.
你推薦什麼餐點?

▶ これをください。
ko.re.o.ku.da.sa.i.
請給我這個。

▶ あれと同じものをください。
a.re.to.o.na.ji.mo.no.o./ku.da.sa.i.
請給我和那個相同的東西。

▶ ごちそうになりました。
go.chi.so.u.ni./na.ri.ma.shi.ta.
我吃飽了。

• track 069

▶ ごちそうさまでした。
go.chi.so.u.sa.ma.de.shi.ta.
我吃飽了。

▶ おいしかったです。
o.i.shi.ka.tta.de.su.
真好吃。

▶ 何を頼みましょう?
na.ni.o./ta.no.mi.ma.sho.u.
要點什麼呢?

▶ すみません、スプーンをください。
su.mi.ma.se.n./su.pu.u.n.o./ku.da.sa.i.
不好意思,請給我湯匙。

▶ お弁当を持ってきます。
o.be.n.to.u.o./mo.tte.ki.ma.su.
我去把便當拿過來。

▶ つまみ食いしないで
tsu.ma.mi.gu.i.shi.na.i.de.
不要用手偷抓菜吃。

拒絕

▶ 結構です。
ke.kko.u.de.su.
不必了。

▶ 手が離せません。
te.ga./ha.na.se.ma.se.n.
現在無法抽身。

▶ 今間に合っています。
i.ma.ma.ni.a.tte.i.ma.su.
我已經有了。(不用了)

▶ あいにく…。
a.i.ni.ku.
不巧……。

▶ 今日はちょっと…。
kyo.u.wa./cho.tto.
今天可能不行。

▶ 遠慮しておきます。
え ん り ょ
e.n.ryo.shi.te.o.ki.ma.su.
容我拒絕。

▶ 遠慮させていただきます。
え ん り ょ
e.n.ryo.sa.se.te./i.ta.da.ki.ma.su.
容我拒絕。

▶ 残念ですが。
ざ ん ね ん
za.n.ne.n.de.su.ga.
可惜。

▶ また今度。
こ ん ど
ma.ta.ko.n.do.
下次吧。

▶ お気持ちだけ頂戴いたします。
き も ち ょ う だ い
o.ki.mo.chi.da.ke./cho.u.da.i./i.ta.shi.ma.su.
好意我心領了。

▶ 苦手です。
に が て
ni.ga.te.de.su.
我不太拿手。

▶ 勘弁してください。
ka.n.be.n.shi.te.ku.da.sa.i.
饒了我吧。

▶ 今取り込んでいますので…。
i.ma./to.ri.ko.n.de.i.ma.su.no.de.
現在正巧很忙。

▶ それは…。
so.re.wa.
這……。

▶ すみません。
su.mi.ma.se.n.
對不起。

▶ もういいです。
mo.u.i.i.de.su.
不必了。

▶ 次の機会にね。
tsu.gi.no.ki.ka.i.ni.ne.
下次吧。

▶ だめだよ。
da.me.da.yo.
不可以！

▶ 用事があります。
yo.u.ji.ga./a.ri.ma.su.
我剛好有事。

▶ 考えておきます。
ka.n.ga.e.te./o.ki.ma.su.
讓我考慮一下。

▶ 悪いんですけど…。
wa.ru.i.n.de.su.ke.do.
真不好意思……。

▶ お断りします。
o.ko.to.wa.ri.shi.ma.su.
容我拒絕。

▶ わたしにはできません。
wa.ta.shi.ni.wa./de.ki.ma.se.n.
我辦不到。

戀愛

▶ 好_すきです。
su.ki.de.su.
我喜歡你。

▶ 愛_{あい}してるよ。
a.i.shi.te.ru.yo.
我愛你。

▶ 付_つき合_あってください。
tsu.ki.a.tte.ku.da.sa.i.
請和我交往。

▶ チューしたい。
chu.u.shi.ta.i.
我想親你。

▶ 結婚_{けっこん}してください。
ke.kko.n.shi.te.ku.da.sa.i.
請和我結婚。

▶ 娘さんをください。
mu.su.me.sa.n.o./ku.da.sa.i.
請把女兒交給我吧。

▶ 好きな人ができた。
su.ki.na.hi.to.ga./de.ki.ta.
我有喜歡的人了。

▶ ずっと奈々子ちゃん一筋です。
zu.tto./na.na.ko.cha.n./hi.to.su.ji.de.su.
我心裡只有奈奈子。

▶ 可南子じゃなきゃダメなんだ。
ka.na.ko.ja.na.kya./da.me.na.n.da.
非可南子不要。

▶ 別れましょう。
wa.ka.re.ma.sho.u.
分手吧！

▶ ほかに好きな人がいる？
ho.ka.ni./su.ki.na.hi.to.ga./i.ru.
你有喜歡的人嗎？

▶ 一緒にいようよ。
i.ssho.ni.i.yo.u.yo.
在一起吧！

▶ あなたのこと好きになっちゃったみたい。
a.na.ta.no.ko.to./su.ki.ni.na.ccha.tta./mi.ta.i.
我好像喜歡上你了。

▶ デートしてもらえないかな。
de.e.to.shi.te./mo.ra.e.na.i.ka.na.
可以和我約會嗎？

▶ 一緒にいるだけでいい。
i.ssho.ni.i.ru.da.ke.de./i.i.
只要和你在一起就夠了。

▶ ごめんなさい。
go.me.n.na.sa.i.
對不起。

▶ あなたのこと信_{しん}じます。
a.na.ta.no.ko.to./shi.n.ji.ma.su.
我相信你。

▶ わたしでよければ。
wa.ta.shi.de./yo.ke.re.ba.
如果我可以的話。

▶ どんな人ですか。
do.n.na.hi.to.de.su.ka.
是怎麼樣的人？

▶ 大嫌_{だいきら}いです。
da.i.ki.ra.i.de.su.
最討厭了。

▶ 友達_{ともだち}でいよう。
to.mo.da.chi.de.sho.u.
當朋友就好。

▶ メールも電話_{でんわ}もしないで。
me.e.ru.mo./de.n.wa.mo./shi.na.i.de.
不要再傳簡訊或打電話來了。

▶ わたしも。
wa.ta.shi.mo.
我也是。

▶ 彼氏がいるんだ。
ka.re.shi.ga.i.ru.n.da.
我有男友了。

▶ 彼女がいるんだ。
ka.no.jo.ga.i.ru.n.da.
我有女友了。

▶ 今まで通り友達でいてください。
i.ma.ma.de.to.o.ri./to.mo.da.chi.de.i.te./ku.da.sa.i.
像現在這樣當朋友就好。

▶ 中島君はいい人なんだけど…。
na.ka.shi.ma.ku.n.wa./i.i.hi.to.na.n.da.ke.do.
中島你是好人，但是……。

▶ いいよ。
i.i.yo.
我答應你。

> ▶ ^{かんが}考えさせて。
> ka.n.ga.e.sa.se.te.
> 讓我考慮一下。

> ▶ お^{にい}兄さんって^{おも}思ってた。
> o.ni.i.sa.n.tte./o.mo.tte.ta.
> 我一直把你當成哥哥。

驚嚇

> ▶ ^{ほんとう}本当？
> ho.n.to.u.
> 真的假的？

> ▶ ^{しん}信じられない！
> shi.n.ji.ra.re.na.i.
> 真不敢相信！

> ▶ これは^{たいへん}大変！
> ko.re.wa./ta.i.he.n.
> 這可糟了！

▶ 危ない!
a.bu.na.i.
危險！

▶ 冗談だろう？
jo.u.da.n.da.ro.u.
開玩笑的吧？

▶ びっくりした！
bi.kku.ri.shi.ta.
嚇我一跳！

▶ うっそー！
u.sso.o.
騙人！

▶ マジで？
ma.ji.de.
真的嗎？

▶ 心臓に悪いよ。
shi.n.zo.u.ni.wa.ru.i.yo.
對心臟不好。

► まさか！
ma.sa.ka.
不會吧！

► そんなばかな。
so.n.na.ba.ka.na.
哪有這種蠢事。

► 不思議だ。
fu.shi.gi.da.
真神奇。

► あれ？
a.re.
欸？

► へえ。
he.e.
是喔。

► がっかり。
ga.kka.ri.
真失望。

▶ まいった。
ma.i.tta.
敗給你了。

▶ もう終わりだ。
mo.u.o.wa.ri.da.
一切都完了。

▶ めんどくさい。
me.n.do.ku.sa.i.
真麻煩！

▶ ショック！
sho.kku.
大受打擊！

▶ 期待してたのに。
ki.ta.i.shi.te.ta.no.ni.
虧我還很期待。

▶ 驚いた。
o.do.ro.i.ta.
我很驚訝。

▶ もう限界だ。
mo.u./ge.n.ka.i.da.
不行了！

▶ お手上げだね。
o.te.a.ge.da.ne.
我無能為力了。

▶ 残念だね。
za.n.ne.n.da.ne.
真可惜。

請求幫助

▶ 手伝ってちょうだい。
te.tsu.da.tte.cho.u.da.i.
幫幫我吧。

▶ お願いします。
o.ne.ga.i.shi.ma.su.
拜託你了。

▶ 頼から。
ta.no.mu.ka.ra.
拜託啦！

▶ 一生のお願い。
i.ssha.u.no.o.ne.ga.i.
一生所願。

▶ 助けて！
ta.zu.ke.te.
請幫我。

▶ チャンスをください。
cha.n.su.o.ku.da.sa.i.
請給我一個機會。

▶ 手伝っていただけませんか？
te.tsu.da.tte./i.ta.da.ke.ma.se.n.ka.
請你幫我一下。

▶ 頼りにしてるよ。
ta.yo.ri.ni.shi.te.ru.yo.
拜託你了。

▶ お願いがあるんだけど。
o.ne.ga.i.ga./a.ru.n.da.ke.do.
有件事想請你幫忙。

▶ 手を貸してくれる？
te.o.ka.shi.te.ku.re.ru.
可以幫我一下嗎？

▶ してもらえませんか？
shi.te.mo.ra.e.ma.se.n.ka.
可以幫我做…嗎？

▶ ヒントをちょうだい。
hi.n.to.o.cho.u.da.i.
給我點提示。

▶ いま、よろしいですか？
i.ma./yo.ro.shi.i.de.su.ka.
現在有空嗎？

▶ お時間いただけますか？
o.ji.ka.n./i.ta.da.ke.ma.su.ka.
可以耽誤你一點時間嗎？

▶ すぐ済むからお願い。
su.gu.su.mu.ka.ra./o.ne.ga.i.
很快就好了，拜託啦！

轉達傳聞

▶ 誕生日パーティーやるんだって。
ta.n.jo.u.bi./pa.a.ti.i.ya.ru.n.da.tte.
聽說要辦生日派對。

▶ つい話しちゃったんだって。
tsu.i.ha.na.shi.cha.tta.n.da.tte.
聽說不小心說出來了。

▶ 彼女が結婚したんだって。
ka.no.jo.ga./ke.kko.n.shi.ta.n.da.tte.
聽說她結婚了。

▶ 彼は来ないんだって。
ka.re.wa./ko.na.i.n.da.tte.
他說不來。

▶ 知らないんだって。
shi.ra.na.i.n.da.tte.
聽說不知道。

▶ 見たんだって。
mi.ta.n.da.tte.
聽說看了。

▶ 合格だって。
go.u.ka.ku.da.tte.
聽說及格了。

猜想

▶ 先生は行くかも。
se.n.se.i.wa./i.ku.ka.mo.
老師說不定會去。

▶ 学校をやめるかも。
ga.kko.u.o./ya.me.ru.ka.mo.
說不定會休學。

▶ 明日は雨かも。
a.shi.ta.wa./a.me.ka.mo.
明天說不定會下雨。

▶ うそかも。
so.u.ka.mo.
說不定是這樣。

▶ 信じてくれないかも。
shi.n.ji.te./ku.re.na.i.ka.mo.
（他）說不定不會相信我。

▶ 彼は彼女ができたかも。
ka.re.wa./ka.no.jo.ga.de.ki.ta.ka.mo.
說不定他交女友了

▶ 彼はわたしのことが好きかも。
ka.re.wa./wa.ta.shi.no.ko.to.ga./su.ki.ka.mo.
他可能喜歡我。

▶ 彼はわたしのことが嫌いかも。
ka.re.wa./wa.ta.shi.no.ko.to.ga./ki.ra.i.ka.mo.
他可能討厭我。

完成事情／不小心做了什麼事

▶ お腹すいちゃった。
o.na.ka.su.i.cha.tta.
肚子餓了。

▶ どっかへ行っちゃった。
do.kka.e./i.ccha.tta.
跑到哪裡去了。

▶ 感動しちゃった。
ka.n.do.u.shi.cha.tta.
覺得感動。

▶ つい見ちゃった。
tsu.i.mi.ccha.tta.
不小心看了。

▶ 飽きちゃった。
a.ki.cha.tta.
膩了。

▶ けんかになっちゃった。
ke.n.ka.ni.na.ccha.tta.
吵架了。

▶ 始まっちゃうよ。
ha.ji.ma.ccha.u.yo.
要開始囉。

▶ 財布を落としちゃった。
sa.i.fu.o./o.to.shi.cha.tta.
錢包掉了。

▶ 振られちゃった。
fu.ra.re.cha.tta.
被甩了。

質問／抱怨

▶ さき言ったじゃん。
sa.ki.i.tta.ja.n.
剛剛不是說過了嗎。

▶ やればできるじゃん。
ya.re.ba./de.ki.ru.ja.n.
肯做的話就做得到嘛。

▶ 何も泣くことないじゃん。
na.ni.mo./na.ku.ko.to.na.i.ja.n.
沒什麼好哭的嘛。

▶ 別にいいじゃん。
be.tsu.ni.i.i.ja.n.
有什麼關係嘛。

▶ 逆じゃん。
gya.ku.ja.n.
反了吧！

▶ 当たり前じゃん。
a.ta.ri.ma.e.ja.n.
理所當然的嘛。

▶ よくできるじゃん。
yo.ku.de.ki.ru.ja.n.
不是做得很好嗎。

非做不可

▶ 帰らなくちゃ。
ka.e.ra.na.ku.cha.
該回家了。

▶ 我慢しなきゃ。
ga.ma.n.shi.na.kya.
要忍耐。

▶ 大事にしなきゃ。
da.i.ji.ni.shi.na.kya.
要珍惜。

▶ 何とかしなきゃ。
na.n.to.ka./shi.na.kya.
要做些什麼才行。

▶ 急がなきゃ。
i.so.ga.na.kya.
要快點了。

▶ やらなくちゃ。
ya.ra.na.ku.cha.
不做不行。

▶ 謝<ruby>あやま</ruby>らなくちゃ。
a.ya.ma.ra.na.ku.cha.
該道歉才行。

▶ やめなくちゃ。
ya.me.na.ku.cha.
該停止了。

▶ 頑張<ruby>がんば</ruby>らなくちゃ。
ga.n.ba.ra.na.ku.cha.
不努力不行。

▶ 頑張<ruby>がんば</ruby>らなきゃ。
ga.n.ba.ra.na.kya.
不努力不行。

命令

▶ 諦めなさい。
あきら
a.ki.ra.me.na.sa.i.
放棄吧。

▶ 早く起きなさい。
はや　お
ha.ya.ku.o.ki.na.sa.i.
早點起床。

▶ 来なさい。
き
ki.na.sa.i.
過來。

▶ 当ててみなさい。
あ
a.te.te.mi.na.sa.i.
猜猜看。

▶ 片付けなさい。
かたづ
ka.ta.zu.ke.na.sa.i.
收拾乾淨。

▶ 早くお帰りなさい。
ha.ya.ku.o.ka.e.ri.na.sa.i.
早點回來喔。

▶ いい加減にしなさい。
i.i.ka.ge.n.ni./shi.na.sa.i.
適可而止吧！

▶ 出てなさい。
de.te.na.sa.i.
出去！

▶ やりなさい。
ya.ri.na.sa.i.
快做。

▶ やめなさい。
ya.me.na.sa.i.
不可以。

▶ 安心しろ。
a.n.shi.n.shi.ro.
放心吧。

▶ しっかりしろ。
shi.kka.ri.shi.ro.
振作點！

▶ 始末しろ。
shi.ma.tsu.shi.ro.
快解決。

▶ 早く来い。
ha.ya.ku.ko.i.
快點過來。

▶ 出て来い。
de.te.ko.i.
給我出來。

▶ ほっといて。
ho.tto.i.te.
別管我。

▶ 放してよ。
ha.na.shi.te.yo.
放開我。

▶ 頑張って。
ga.n.ba.tte.
加油。

▶ 教えてよ。
o.shi.e.te.yo.
告訴我啦。

▶ 出て行って。
de.te.i.tte.
滾出去。

▶ そっとしておいて。
so.tto.shi.te.o.i.te.
安靜一點。

▶ 見て。
mi.te.
你看。

▶ 待ってて。
ma.tte.te.
等一下。

▶ 呼んでくれ。
yo.n.de.ku.re.
叫我。

▶ 信じてくれ。
shi.n.ji.te.ku.re.
相信我。

▶ 冗談はやめてくれ。
jo.u.da.n.wa./ya.me.te.ku.re.
別開玩笑了。

實用動詞

生活

▶ 道に迷う。
mi.chi.ni.ma.yo.u.
迷路。

▶ 道は通れない。
mi.chi.wa./to.o.re.na.i.
路不通。

▶ 口座を開く。
ko.u.za.o.hi.ra.ku.
開戶。

▶ 傘をさす。
ka.sa.o.sa.su.
撐傘。

▶ 傘をたたむ。
ka.sa.o.ta.ta.mu.
收傘。

▶ 席につく。
se.ki.ni.tsu.ku.
就座。

▶ 彼とすれ違う。
ka.re.to.su.re.chi.ga.u.
和他錯過了。

▶ 信号が点滅する。
shi.n.go.u.ga./te.n.me.tsu.su.ru.
紅綠燈在閃／閃燈。

▶ お金を入れる。
o.ka.ne.o./i.re.ru.
投錢。

家電／家倶

▶ トイレの水を流す
to.i.re.no.mu.zu.o./na.ga.su.
沖水。

▶ 暖房が効かない
da.n.bo.u.ga./ki.ka.na.i.
暖氣不暖。

▶ 戸締りをする。
to.ji.ma.ri.o./su.ru.
關門窗。

▶ ハザードランプを点滅させる。
ha.za.a.do.ra.n.pu.o./te.n.me.tsu.sa.se.ru.
閃車燈。

▶ チャイムを鳴らす。
cha.i.mu.o./na.ra.su.
按門鈴。

▶ ボタンを押す。
bo.ta.n.o./o.su.
按按鈕。

▶ 物を取り出す。
mo.no.o./to.ri.da.su.
拿出東西。

• track 086

▶ プラグをコンセントに差し込む。
pu.ra.gu.o./ko.n.se.n.to.ni./sa.shi.ko.mu.
把插頭插到插座裡。

▶ たこ足配線する。
ta.ko.a.shi.ha.i.se.n./su.ru.
用延長線。

打扮

▶ 香水をつける。
ko.u.su.i.o./tsu.ke.ru.
噴香水。

▶ ひげをそる。
hi.ge.o.so.ru.
刮鬍子。

▶ ドライヤーをかける。
do.ra.i.ya.a.o./ka.ke.ru.
吹頭髮。／開吹風機。

▶ 髪を乾かす。
ka.mi.o.ka.wa.ka.su.
把頭髮弄乾。

▶ 髪が乾く。
ka.mi.ga.ka.wa.ku.
頭髮乾了。

▶ ブローする。
bu.ro.o.su.ru.
吹頭髮。

▶ ワックスをつける。
wa.kku.su.o./tsu.ke.ru.
上髮臘。

▶ 髪をとかす。
ka.mi.o.to.ka.su.
梳頭髮。

▶ 口紅をつける。
ku.chi.be.ni.o./tsu.ke.ru.
擦口紅。

▶ 髪をセットする。
ke.mi.o.se.tto.su.ru.
整理頭髮。／做造型。

▶ 化粧する。
ke.sho.u.su.ru.
化妝。

▶ 顔を洗う。
ka.o.o.a.ra.u.
洗臉。

▶ 歯を磨く。
ha.o.mi.ga.ku.
刷牙。

▶ 朝シャンする。
a.sa.sha.n.su.ru.
早上洗澡。／晨浴。

▶ ピンをつける。
pi.n.o.tsu.ke.ru.
夾髮夾。

▶ ピンをとる。
pi.n.o.to.ru.
取下髮夾。

▶ コンタクトを入れる。
ko.n.ta.ku.to.o./i.re.ru.
戴隱形眼鏡。

▶ コンタクトをつける。
ko.n.ta.ku.to.o./tsu.ke.ru.
戴隱形眼鏡。

▶ コンタクトをはめる。
ko.n.ta.ku.to.o./ha.me.ru.
戴隱形眼鏡。

▶ コンタクトをする。
ko.n.ta.ku.to.o./su.ru.
戴隱形眼鏡。

▶ コンタクトをとる。
ko.n.ta.ku.to.o./to.ru.
拿下隱形眼鏡。

• track 088

▶ コンタクトを外す。
ko.n.ta.ku.to.o./ha.zu.su.
拿下隱形眼鏡。

▶ めがねをかける。
me.ga.ne.o./ka.ke.ru.
戴眼鏡。

▶ めがねをとる。
me.ga.ne.o.to.ru.
拿下眼鏡。

▶ めがねを外す。
me.ga.ne.o./ha.zu.su.
拿下眼鏡。

穿衣

▶ 着替えをする。
ki.ga.e.o./su.ru.
換衣服。

▶ 帽子をかぶる。
bo.u.shi.o./ka.bu.ru.
戴帽子。

▶ 帽子をとる。
bo.u.shi.o./to.ru.
拿下帽子。

▶ マフラーをする。
ma.fu.ra.a.o./su.ru.
圍圍巾。

▶ マフラーを巻く。
ma.fu.ra.a.o./ma.ku.
圍圍巾。

▶ スカーフを巻く。
su.ka.a.fu.o./ma.ku.
圍絲巾。

▶ スカーフをする。
su.ka.a.fu.o./su.ru.
繫絲巾。

• track 089

► スカーフをとる。
su.ka.a.fu.o./to.ru.
拿下絲巾。

► スカーフを外す。
su.ka.a.fu.o./ha.zu.su.
拿下絲巾。

► マフラーをとる。
ma.fu.ra.a.o./to.ru.
拿下圍巾。

► マフラーを外す。
ma.fu.ra.a.o./ha.zu.su.
拿下圍巾。

► 服を着る。
fu.ku.o.ki.ru.
穿衣服。（指上衣）

► 服を脱ぐ。
fu.ku.o.nu.gu.
脫上衣。

▶ブラジャーをつける。
bu.ra.ja.a.o./tsu.ke.ru.
穿內衣。

▶ブラジャーをする。
bu.ra.ja.a.o./su.ru.
穿內衣。

▶ブラジャーをとる。
bu.ra.ja.a.o./to.ru.
脫內衣。

▶ブラジャーを外す。
bu.ra.ja.a.o./ha.zu.su.
脫內衣。

▶ボタンをとめる。
bo.ta.n.o./to.me.ru.
扣釦子。

▶ボタンをかける。
bo.ta.n.o./ka.ke.ru.
扣釦子。

▶ ボタンを外す。
bo.ta.n.o./ha.zu.su.
解釦子。

▶ ファスナーを上げる。
fa.su.na.a.o.a.ge.ru.
拉上拉鏈。

▶ チャックを上げる。
cha.kku.o.a.ge.ru.
拉上拉鏈。

▶ ジッパーを上げる。
ji.ppa.a.o./a.ge.ru.
拉上拉鏈。

▶ ファスナーを下げる。
fa.su.na.a.o./sa.ge.ru.
拉下拉鏈。

▶ チャックを下げる。
cha.kku.o./sa.ge.ru.
拉下拉鏈。

▶ ジッパーを下げる。
ji.ppa.a.o./sa.ge.ru.
拉下拉鏈。

▶ ズボンをはく。
zu.bo.n.o./ha.ku.
穿褲子。

▶ スカートをはく。
su.ka.a.to.o./ha.ku.
穿裙子。

▶ ズボンを脱ぐ。
zu.bo.n.o./nu.gu.
脫褲子。

▶ スカートを脱ぐ。
su.ka.a.to.o./nu.gu.
脫裙子。

▶ タイツをはく。
ta.i.tsu.o./ha.ku.
穿絲襪。／穿內搭褲。

• track 091

▶ タイツを脱ぐ。
ta.i.tsu.o./nu.gu.
脫絲襪。／脫內搭褲。

▶ 靴を履く。
ku.tsu.o./ha.ku.
穿鞋。

▶ 靴を脱ぐ。
ku.tsu.o./nu.gu.
脫鞋。

▶ ストッキングが伝線する。
su.to.kki.n.gu.ga./de.n.se.n.su.ru.
絲襪脫線。

▶ 靴を磨く。
ku.tsu.o./mi.ga.ku.
擦鞋子。

▶ 靴をそろえる。
ku.tsu.o./so.ro.e.ru.
把鞋子放整齊。

▶ ハンガーにかける。
ha.n.ga.a.ni./ka.ke.ru.
掛在衣架上。

配件

▶ ネクタイをする。
ne.ku.ta.i.o./su.ru.
繫領帶。

▶ ネクタイをしめる。
ne.ku.ta.i.o./shi.me.ru.
繫領帶。

▶ ネクタイをとる。
ne.ku.ta.i.o./to.ru.
解下領帶。

▶ ネクタイを外す。
ne.ku.ta.i.o./ha.zu.su.
解下領帶。

• track 092

▶ ベルトをする。
be.ru.to.o.su.ru.
繫皮帶。

▶ ベルトをしめる。
be.ru.to.o.shi.me.ru.
繫皮帶。

▶ ベルトをとる。
be.ru.to.o./to.ru.
拿下皮帶。

▶ ベルトを外す。
be.ru.to.o./ha.zu.su.
拿下皮帶。

▶ ベルトを緩める。
be.ru.to.o./yu.ru.me.ru.
把皮帶弄鬆。

▶ ネクタイを緩める。
ne.ku.ta.i.o./yu.ru.me.ru.
把領帶弄鬆。

▶ 時計をする。
to.ke.i.o./su.ru.
戴手錶。

▶ 時計をはめる。
to.ke.i.o./ha.me.ru.
戴手錶。

▶ 手袋をはめる。
te.bu.ku.ro.o./ha.me.ru.
戴手套。

▶ 指輪をはめる。
yu.bi.wa.o./ha.me.ru.
戴戒指。

▶ 時計を取る。
to.ke.i.o./to.ru.
拿下手錶。

▶ 時計を外す。
to.ke.i.o./ha.zu.su.
拿下手錶。

▶ 指輪を取る。
yu.bi.wa.o./to.ru.
拿下戒指。

▶ 指輪を外す。
yu.bi.wa.o./ha.zu.su.
拿下戒指。

▶ 手袋を取る。
te.bu.ku.ro.o.to.ru.
拿下手套。

飲食

▶ 薬を飲む。
ku.su.ri.o.no.mu.
吃藥。

▶ 朝食をとる。
cho.u.sho.ku.o.to.ru.
吃早餐。

▶ 昼ごはんを食べる。
hi.ru.go.ha.n.o./ta.be.ru.
吃午餐。

▶ 割り箸を左右に引いて割る。
wa.ri.ba.shi.o./sa.yu.u.ni./hi.i.te./wa.ru.
把免洗筷分開。

烹飪

▶ コーヒーを入れる。
ko.o.hi.i.o./i.re.ru.
泡咖啡。

▶ 朝ごはんを作る。
a.sa.go.ha.n.o./tsu.ku.ru.
做早餐。

▶ 粉をつける。
ko.na.o.tsu.ke.ru.
沾粉。

▶ お湯が沸く。
o.yu.ga.wa.ku.
水滾水。

▶ お湯を沸かす。
o.yu.o.wa.ka.su.
把水煮沸。

▶ 調味料を入れる。
cho.u.mi.ryo.u.o./i.re.ru.
加調味料。

▶ 揚げる。
a.ge.ru.
炸。

▶ 煮る。
ni.ru.
煮。

▶ 焼く。
ya.ku.
煎。／烤。

▶ 炒める。
i.ta.me.ru.
炒。

▶ 茹でる。
yu.de.ru.
川燙。

▶ 焦げ目がつく。
ko.ge.me.ga./tsu.ku.
火候恰到好處。／焦黃。

▶ 焦げ目をつける。
ko.ge.me.o./tsu.ke.ru.
火候恰到好處。／焦黃。

▶ ひっくり返す。
hi.kku.ri.ka.e.su.
翻面。

▶ 油をひく。
a.bu.ra.o.hi.ku.
倒油。

▶ 皮をむく。
か わ
ka.wa.o.mu.ku.
剝皮。

▶ ラップをかける。
ra.ppu.o.ka.ke.ru.
封上保鮮膜。

▶ チンする。
chi.n.su.ru.
用微波爐加熱。

▶ だしをとる。
da.shi.o.to.ru.
取高湯。

▶ 塩をかける。
しお
shi.o.o./ka.ke.ru.
加鹽。

▶ 醬油をつける。
しょうゆ
sho.u.yu.o./tsu.ke.ru.
沾醬油。

▶ バターを塗る。
ba.ta.a.o./nu.ru.
塗奶油。

▶ バターをつける。
ba.ta.a.o./tsu.ke.ru.
塗奶油。

▶ ふたを開ける。
fu.ta.o.a.ke.ru.
開蓋子。

▶ ふたを閉める。
fu.ta.o./shi.me.ru.
蓋上蓋子。

▶ ふたをする。
fu.ta.o.su.ru.
蓋上鍋蓋。

▶ キッチンペーパーで拭きます。
ki.cchi.n.pe.e.pa.a.de./fu.ki.ma.su.
用廚房紙巾擦。

▶ 油を切る。
a.bu.ra.o./ki.ru.
去油。

作息

▶ 目覚まし時計をかける。
ma.za.ma.shi.do.ke.i.o./ka.ke.ru.
訂鬧鐘。

▶ 目覚まし時計が鳴る。
me.za.ma.shi.do.ke.i.ga./na.ru.
鬧鐘響。

▶ 目覚まし時計をとめる。
me.za.ma.shi.do.ke.i.o./to.me.ru.
把鬧鐘按停。

▶ 目が覚める。
me.ga.sa.me.ru.
醒來。（自然醒來）

▶ 目を覚ます。
me.o.sa.ma.su.
醒來。（被叫醒）

▶ 寝坊をする。
ne.bo.u.o./su.ru.
賴床。／睡過頭。

▶ お風呂を沸かす。
o.fu.ro.o./wa.ka.su.
加熱洗澡水。

▶ お風呂が沸く。
o.fu.ro.ga./wa.ku.
洗澡水熱了。

▶ お風呂に入る。
o.fu.ro.ni./ha.i.ru.
去泡澡。

▶ 入浴する。
nyu.u.yo.ku.su.ru.
洗澡。／泡澡。

日本人
都習慣迷磨說

• track 097

▶ シャワーを浴びる。
sha.wa.a.o./a.bi.ru.
淋浴。

▶ 布団を敷く。
fu.to.n.o./shi.ku.
鋪棉被。

▶ 布団をたたむ。
fu.to.n.o./ta.ta.mu.
疊棉被。

▶ 布団に入る。
fu.to.n.ni./ha.i.ru.
鑽進被子裡。

▶ ベッドに入る。
be.ddo.ni./ha.i.ru.
上床睡覺。

▶ 布団をかける。
fu.to.n.o./ka.ke.ru.
蓋被子。

▶ 毛布をかける。
mo.u.fu.o./ka.ke.ru.
蓋毯子。

▶ 横になる。
yo.ko.ni.na.ru.
躺下。

▶ あくびをする。
a.ku.bi.o.su.ru.
打哈欠。

▶ 寝返りを打つ。
ne.ga.e.ri.o./u.tsu.
睡覺翻身。

▶ 寝言を言う。
ne.go.to.o./i.u.
說夢話。

▶ 歯軋りをする。
ha.gi.shi.ri.o./su.ru.
磨牙。

▶ いびきをかく。
i.bi.ki.o./ka.ku.
打呼。

▶ 寝相がいい。
ne.zo.u.ga./i.i.
睡相好。

▶ 寝相が悪い。
ne.zo.u.ga./wa.ru.i.
睡相差。

▶ 夢を見る。
yu.me.o./mi.ru.
作夢。

▶ 眠りが浅い。
ne.mu.ri.ga./a.sa.i.
睡得很淺。

▶ 眠りが深い。
ne.mu.ri.ga./fu.ka.i.
睡得很熟。

生理

▶ 鼻<small>はな</small>をかむ。
ha.na.o./ka.mu.
擤鼻涕。

▶ 気分<small>きぶん</small>が悪<small>わる</small>い。
ki.bu.n.ga./wa.ru.i.
身體不舒服。

▶ お腹<small>なか</small>が痛<small>いた</small>い。
o.na.ka.ga./i.ta.i.
肚子痛。

▶ 頭痛<small>ずつう</small>がする。
zu.tsu.u.ga./su.ru.
頭痛。

▶ 寒気<small>さむけ</small>がする。
sa.mu.ke.ga./su.ru.
發冷。

▶ 眩暈がする。
me.ma.i.ga./su.ru.
頭暈。

▶ 熱が出る。
ne.tsu.ga./de.ru.
發燒。

▶ のどが痛い。
no.do.ga./i.ta.i.
喉嚨痛。

▶ 腹が張る。
ha.ra.ga./ha.ru.
脹氣。

▶ 吐き気がする。
ha.ki.ke.ga./su.ru.
想吐。

▶ 調子がいい。
cho.u.shi.ga./i.i.
狀況很好。

▶ 調子が悪い。
cho.u.shi.ga./wa.ru.i.
不舒服。

▶ 肩がこる。
ka.ta.ga./ko.ru.
肩膀肌肉緊繃。

▶ 過労で倒れる。
ka.ro.u.de./ta.o.re.ru.
因過度勞累而倒下。

▶ 顔色が悪い。
ka.o.i.ro.ga./wa.ru.i.
氣色很差。

▶ 顔色がいい。
ka.o.i.ro.ga./i.i.
氣色很好。

▶ インフルエンザにかかる。
i.n.fu.ru.e.n.za.ni./ka.ka.ru.
得到流行性感冒。

▶ 風邪を引く。
ka.ze.o./hi.ku.
感冒。

▶ 病気になる。
byo.u.ki.ni./na.ru.
生病了。

▶ 病気が治る。
byo.u.ki.ga./na.o.ru.
痊癒。

▶ 熱を測る。
ne.tsu.o./ha.ka.ru.
量溫度。

▶ 熱が高い。
ne.tsu.ga./ta.ka.i.
發高燒。

▶ くしゃみをする。
ku.cha.mi.o./su.ru.
打噴嚏。

▶ くしゃみが出る。
ku.sha.mi.ga.de.ru.
打噴嚏。

▶ 鼻水が出る。
ha.na.mi.zu.ga./de.ru.
流鼻水。

▶ 鼻が詰まる。
ha.na.ga./tsu.ma.ru.
鼻塞。

▶ せきがおさまる。
se.ki.ga./o.sa.ma.ru.
咳嗽的症狀緩和了。

打掃整理

▶ 本をかばんの中にしまう。
ho.no.o./ka.ba.n.no.na.ka.ni./shi.ma.u.
把書收到包包裡。

▶ 洗濯物がある。
se.n.ta.ku.mo.no.ga./a.ru.
有髒衣服。／有衣服要洗。

▶ 洗濯物を出す。
se.n.ta.ku.mo.no.o./da.su.
拿出髒衣服。

▶ 洗濯物がたまる。
se.n.ta.ku.mo.no.ga./ta.ma.ru.
積了髒衣服。

▶ 洗濯する。
se.n.ta.ku.su.ru.
洗衣。

▶ 洗濯機を回す。
se.n.ta.ku.ki.o./ma.wa.su.
用洗衣機。

▶ 脱水する。
da.ssu.i.su.ru.
脱水。

▶ 脱水にかける。
sa.ssu.i.ni./ka.ke.ru.
把衣服拿去脱水。

▶ 水をとる。
mi.zu.o.to.ru.
脱水。

▶ 洗濯物を干す。
se.n.ta.ku.mo.no.o./ho.su.
晒衣服。

▶ 布団を干す。
fu.to.no.o./ho.su.
晒被子。

▶ しわを伸ばす。
shi.wa.o./no.ba.su.
把衣服弄平。/晒衣前甩衣服的動作。

▶ 洗濯物が乾く。
se.n.ta.ku.mo.no.ga./ka.wa.ku.
衣服乾了。

• track 102

▶ 洗濯物を乾かす。
せんたくもの かわ
se.n.ta.ku.mo.no.o./ka.wa.ka.su.
把衣服弄乾。

▶ 洗濯物を取り込む。
せんたくもの と こ
se.n.ta.ku.mo.no.o./to.ri.ko.mu.
把衣服收進來。

▶ 洗濯物をたたむ。
せんたくもの
se.n.ta.ku.mo.no.o./ta.ta.mu.
疊衣服。

▶ アイロンをかける。
a.i.ro.n.o./ka.ke.ru.
燙衣服。

▶ たんすにしまう。
ta.n.su.ni./shi.ma.u.
收進櫃子裡。

▶ 掃除をする。
そうじ
so.u.ji.o./su.ru.
掃除。

▶ 床に雑巾をかける。
yu.ka.ni./zo.u.ki.n.o./ka.ke.ru.
用抹布擦地板。

▶ 雑巾で拭く。
zo.u.ki.n.de/fu.ku.
用抹布擦。

▶ 雑巾をゆすぐ。
zo.u.ki.n.o.yu.su.gu.
洗抹布。

▶ 雑巾を絞る。
zo.u.ki.n.o./shi.bo.ru.
擰乾抹布。

▶ 掃除機をかける。
so.u.ji.ki.o./ka.ke.ru.
使用吸塵器。

▶ モップをかける。
mo.ppu.o./ka.ke.ru.
用拖把擦。

• track 103

▶ ほうきで掃く。
ho.u.ki.de./ha.ku.
用掃把掃。

▶ 庭に水をまく。
ni.wa.ni./mi.zu.o.ma.ku.
在院子灑水。

▶ 花に水をやる。
ha.na.ni./mi.zu.o./ya.ru.
澆花。

▶ 花に水をあげる。
ha.na.ni./mi.zu.o.a.ge.ru.
澆花。

▶ 食器を洗う。
sho.kki.o.a.ra.u.
洗碗盤。

▶ 食器をふきんで拭く。
sho.kki.o./fu.ki.n.de./fu.ku.
用布擦乾碗盤。

▶ 食器を食器棚にしまう。
sho.kki.o./sho.kki.da.na.ni./shi.ma.u.
把碗盤收進櫃子裡。

▶ テーブルを台布巾でふく。
te.e.bu.ru.o./da.i.bu.ki.n.de./fu.ku.
用布擦桌子。

▶ 部屋を片付ける。
he.ya.o./ka.ta.zu.ke.ru.
整理房間。

▶ 本を並べる。
ho.o.na.ra.be.ru.
把書排整齊。

▶ ごみを捨てる。
go.mi.o.su.te.ru.
丟垃圾。

▶ ごみを出す。
go.mi.o.da.su.
倒垃圾。

事故

▶ 財布をなくす。
sa.i.fu.o.na.ku.su.
錢包掉了。

▶ 財布が見つかる。
sa.i.fu.ga./mi.tsu.ka.ru.
找到錢包了。

▶ 忘れ物をする。
wa.su.re.mo.no.o./su.ru.
忘了東西。

▶ 財布を落とす。
sa.i.fu.o./o.to.su.
錢包掉了。

▶ 警察にとりに行く。
ke.i.sa.tsu.ni./to.ri.ni.i.ku.
到警察局去拿。

▶ 財布を拾う。
さいふ　ひろ
sa.i.fu.o./hi.ro.u.
撿到錢包。

▶ 警察に届ける。
けいさつ　とど
ke.i.sa.tsu.ni./to.do.ke.ru.
交給警察。

▶ 泥棒に入られる。
どろぼう　はい
do.ro.bo.u.ni./ha.i.ra.re.ru.
遭小偷。（有人在家時）

▶ 空き巣に入られる。
あ　す　はい
a.ki.su.ni.ha.i.ra.re.ru.
遭小偷。（沒人在家時。）

▶ 財布を取られる。
さいふ　と
sa.i.fu.o./to.ra.re.ru.
錢包被偷。

▶ 財布を盗まれる。
さいふ　ぬす
sa.i.fu.o./nu.su.ma.re.ru.
錢包被偷。

▶ 引ったくりに遭う。
hi.tta.ku.ri.ni./a.u.
被搶劫。

▶ すりに遭う。
su.ri.ni.a.u.
遇到扒手。

▶ 非常ベルを鳴らす。
hi.jo.u.be.ru.o./na.ra.su.
按警鈴。

▶ 非常ベルが鳴る。
hi.jo.u.be.ru.ga./na.ru.
警鈴響了。

▶ 警察を呼ぶ。
ke.i.sa.tsu.o./yo.bu.
叫警察。

▶ 救急車を呼ぶ。
kyu.u.kyu.u.sha.o./yo.bu.
叫救護車。

▶ **110 番する。**
hya.ku.to.u.ba.n.su.ru.
打110。

▶ **119 番する。**
hya.ku.ju.u.kyu.u.ba.n.su.ru.
打119。

▶ **事故に遭う。**
ji.ko.ni.a.u.
遇到事故。

▶ **車に轢かれる。**
ku.ru.ma.ni./hi.ka.re.ru.
被車輾過。

▶ **車にはねられる。**
ku.ru.ma.ni./ha.ne.ra.re.ru.
被車撞。

▶ **車にぶつかる。**
ku.ru.ma.ni./bu.tsu.ka.ru.
和車相撞。

▶ 火が出る。
hi.ga.de.ru.
失火。

▶ 火事になる。
ka.ji.ni.na.ru.
失火。

▶ 足を踏まれる。
a.shi.o./fu.ma.re.ru.
腳被踩。

▶ 石につまずく。
i.shi.ni./tsu.ma.zu.ku.
被石頭絆到。

▶ 転ぶ。
ko.o.bu.
跌倒。

▶ 階段から落ちる。
ka.i.da.n.ka.ra./o.chi.ru.
從樓梯上摔下來。

▶ 衝突する。
しょうとつ
sho.u.to.tsu.su.ru.
對撞。

校園生活

▶ 進路を決める。
しんろ　き
shi.n.ro.o./ki.me.ru.
決定畢業後的出路。

▶ 願書を出す。
がんしょ　だ
ga.n.sho.o.da.su.
提出申請書。

▶ 大学を受ける。
だいがく　う
da.i.ga.ku.o./u.ke.ru.
考大學。

▶ 大学に受かる。
だいがく　う
da.i.ga.ku.ni./u.ka.ru.
考上大學。

▶ 試験を受ける。
shi.ke.n.o./u.ke.ru.
接受考試。

▶ 試験に受かる。
shi.ke.n.ni./u.ka.ru.
考試合格。

▶ 大学に落ちる。
da.i.ga.ku.ni./o.chi.ru.
沒考上大學。

▶ 試験に落ちる。
shi.ke.n.ni./o.chi.ru.
考試不合格。

▶ 大学に入る。
da.i.ga.ku.ni./ha.i.ru.
進入大學。

▶ 大学を出る。
da.i.ga.ku.o./de.ru.
從大學畢業。

▶ 大学に入学する。
だいがく にゅうがく
da.i.ga.ku.ni./nyu.u.ga.ku.su.ru.
進入大學。

▶ 大学を卒業する。
だいがく そつぎょう
da.i.ga.ku.o./so.tsu.gyo.u.su.ru.
從大學畢業。

▶ 進学する。
しんがく
shi.n.ga.ku.su.ru.
繼續升學。

▶ 留学する。
りゅうがく
ryu.u.ga.ku.su.ru.
去留學。

▶ 退学する。
たいがく
ta.i.ga.ku.su.ru.
退學。

▶ 寮に入る。
りょう はい
ryo.u.ni./ha.i.ru.
住校。

• track 108

▶ クラブに入る。
ku.ra.bu.ni./ha.i.ru.
參加社團。

▶ 友達ができる。
to.mo.da.chi.ga./de.ki.ru.
交到朋友。

▶ コンパに行く。
ko.n.pa.ni./i.ku.
參加聯誼。

▶ 休みに入る。
ya.su.mi.ni./ha.i.ru.
開始放假。

▶ 休みが終わる。
ya.su.mi.ga./o.wa.ru.
假期結束。

▶ 授業に出る。
ju.gyo.u.ni./de.ru.
去上課。

▶ 出席を取る。
shu.sse.ki.o.to.ru.
點名。

▶ 遅刻する。
chi.ko.ku.su.ru.
遲到。

▶ 早退する。
so.u.ta.i.su.ru.
早退。

▶ チャイムが鳴る。
cha.i.mu.ga./na.ru.
上課鐘響。

▶ 先生に指される。
se.n.se.i.ni./sa.sa.re.ru.
被老師點名。

▶ 手を上げる。
te.o.a.ge.ru.
舉手。

• track 109

▶ 質問に答える。
shi.tsu.mo.n.ni./ko.ta.e.ru.
回答問題。

▶ ノートをとる。
no.o.to.o./to.ru.
抄筆記。

▶ 黒板を写す。
ko.ku.ba.n.o./u.tsu.su.
抄黑板。

▶ 黒板を消す。
ko.ku.ba.n.o./ke.su.
擦黑板。

▶ ホワイトボードに書く。
ho.wa.i.to.bo.o.do.ni./ka.ku.
寫在白板上。

▶ 本を開く。
ho.n.o./hi.ra.ku.
打開課本。

▶ 本を閉じる。
ho.n.o./to.ji.ru.
合上課本。

▶ 宿題を出す。
shu.ku.da.i.o./da.su.
交功課。

▶ レポーターがあたる。
re.po.o.ta.a.ga./a.ta.ru.
輪到上台報告。

▶ 辞書を引く。
ji.sho.o./hi.ku.
查字典。

▶ 意味を辞書で調べる。
i.mi.o./ji.sho.de./shi.ra.be.ru.
從字典查意思。

▶ 資料を集める。
shi.ryo.u.o./a.tsu.me.ru.
蒐集資料。

> ### 宿題をやる。
> しゅくだい
> shu.ku.da.i.o./ya.ru.
> 寫回家作業。

> ### 宿題ができる。
> しゅくだい
> shu.ku.da.i.ga./de.ki.ru.
> 完成回家作業。

> ### 宿題を忘れる。
> しゅくだい　わす
> shu.ku.da.i.o./wa.su.re.ru.
> 忘了寫回家作業。

> ### 宿題が出る。
> しゅくだい　で
> shu.ku.da.i.ga./de.ru.
> 有回家作業。

> ### 机に向かう。
> つくえ　む
> tsu.ku.e.ni./mu.ka.u.
> 坐在桌子前面。

> ### 出席する。
> しゅっせき
> shu.sse.ki.su.ru.
> 出席。

▶ クラスに出る。
ku.ra.su.ni./de.ru.
出席。／上課。

▶ 欠席する。
ke.sse.ki.su.ru.
缺席。

▶ 授業を休む。
ju.gyo.u.o./ya.su.mu.
請假沒上課。

▶ 授業をサボる。
ju.gyo.u.o./sa.bo.ru.
蹺課。

▶ 学校を休む。
ga.kko.u.o./ya.su.mu.
請假沒上學。

▶ 欠席が多い。
ke.sse.ki.ga./o.o.i.
缺席率高。

► 皆勤賞をもらう。
かいきんしょう
ka.i.ki.n.sho.u.o./mo.ra.u.
得到全勤獎。

► 授業を受ける。
じゅぎょう う
ju.gyo.u.o./u.ke.ru.
上課。

► 講義を聴く。
こうぎ き
go.u.gi.o./ki.ku.
聽課。／聽講。

► 休講になる。
きゅうこう
kyu.u.ko.u.ni./na.ru.
停課。

► 単位をとる。
たんい
ta.n.i.o./to.ru.
拿到學分。

► 単位をもらう。
たんい
ta.n.i.o./mo.ra.u.
拿到學分。

► 単位を落とす。
た.ん.い.お

ta.n.i.o./o.to.su.

沒拿到學分。

► 単位が足りない。
た.ん.い.が た

ta.n.i.ga./ta.ri.na.i.

學分不夠。

► 単位がもらえる。
た.ん.い.が

ta.n.i.ga./mo.ra.e.ru.

拿到學分。

► 履修届けを出す。
り.しゅ.う.と.ど だ

ri.shu.u.to.do.ke.o./da.su.

註冊。

► ゼミに入る。
はい

ze.mi.ni./ha.i.ru.

加入研討會。/加入（老師的）實驗室。

► 成績が上がる。
せ.い.せ.き あ

se.i.se.ki.ga./a.ga.ru.

成績進步。

▶ 成績が下がる。
se.i.se.ki.ga./sa.ga.ru.
成績退步。

▶ 成績が落ちる。
se.i.se.ki.ga./o.chi.ru.
成績退步。

辦公

▶ 仕事をする。
shi.go.to.o./su.ru.
工作。

▶ アルバイトをする。
a.ru.ba.i.to.o./su.ru.
打工。

▶ コピーする。
ko.pi.i.su.ru.
複印。

▶コピーをとる。
ko.pi.i.o.to.ru.
複印。

▶ファックスを送る。
fa.kku.su.o./o.ku.ru.
發送傳真。

▶ファックスを入れる。
fa.kku.su.o./i.re.ru.
發送傳真。

▶ファックスする。
fa.kku.su.su.ru.
發送傳真。

▶メールを送る。
me.e.ru.o./o.ku.ru.
發送電子郵件。

▶ホチキスで留める。
ho.chi.ki.su.de./to.me.ru.
用釘書機釘起來。

▶ クリップで留める。
ku.ri.ppu.de./to.me.ru.
用夾子夾起來。

▶ ファイルする。
fa.i.ru.su.ru.
歸檔。

▶ 判を押す。
ha.n.o.o.su.
用印。／蓋印章。

▶ アポをとる。
a.po.o.to.ru.
（取得）預約。

▶ 名刺を出す。
me.i.shi.o./da.su.
拿出名片。

▶ 名刺を交換する。
me.i.shi.o./ko.u.ka.n.su.ru.
交換名片。

▶ 仕事が入る。
しごと はい
shi.go.to.ga./ha.i.ru.
有工作（進來）。

▶ 席をはずす。
せき
se.ki.o.ha.zu.su.
離開座位。

▶ 記録をとる。
きろく
ki.ro.ku.o.to.ru.
做（會議）記錄。

▶ メモを取る。
と
me.mo.o.to.ru.
記筆記。

▶ 打ち合わせをする。
う あ
u.chi.a.wa.se.o./su.ru.
進行事前會議。

▶ 残業する。
ざんぎょう
za.n.gyo.u.su.ru.
加班。

▶ 会社に入る。
ka.i.sha.ni.ha.i.ru.
進入公司。

▶ 会社を辞める。
ka.i.sha.o./ya.me.ru.
辭去工作。

▶ 就職する。
shu.u.sho.ku.su.ru.
開始工作。

▶ 仕事を探す。
shi.go.to.o./sa.ga.su.
找工作。

▶ 休みを取る。
ya.su.mi.o./to.ru.
取得假期。

▶ 休暇をとる。
kyu.u.ka.o./to.ru.
取得休假。

▶ ボーナスが出る。
bo.o.na.su.ga./de.ru.
拿到獎金。

▶ 給料が出る。
kyu.u.ryo.u.ga./de.ru.
拿到薪水。

▶ 給料が安い。
kyu.u.ryo.u.ga./ya.su.i.
薪水很低。

▶ 給料が上がる。
kyu.u.ryo.u.ga./a.ga.ru.
加薪。

▶ 退職金が出る。
ta.i.sho.ku.ki.n.ga./de.ru.
拿到退職金。

通勤

▶ 切符を買う。
ki.ppu.o./ka.u.
買票。

▶ 改札を通る。
ka.i.sa.tsu.o./to.o.ru.
經過剪票口。

▶ 定期を出す。
te.i.ki.o./da.su.
拿出月票。

▶ 読み取り部にタッチする。
yo.mi.to.ri.bu.ni./ta.cchi.su.ru.
（用悠遊卡等）觸碰感應處。

▶ チャージする。
cha.a.ji.su.ru.
（悠遊卡等）儲值。

▶ 入金する。
nyu.u.ki.n.su.ru.
（悠遊卡等）儲值。

▶ 発車する。
ha.ssha.su.ru.
開車。

▶ 停車する。
te.i.sha.su.ru.
停車。

▶ 乗り換える。
no.ri.ka.e.ru.
轉乘。

▶ つり革につかまる。
tsu.ri.ka.wa.ni./tu.ka.ma.ru.
抓車內吊環。

▶ ドアに挟まれる。
do.a.ni./ha.sa.ma.re.ru.
被門夾到。

▶ 後ろから押される。
u.shi.ro.ka.ra./o.sa.re.ru.
從背後被推。

▶ 足を踏まれる。
a.shi.o./fu.ma.re.ru.
腳被踩。

▶ 痴漢に遭う。
chi.ka.n.ni./a.u.
受到騷擾。

▶ 精算する。
se.i.sa.n.su.ru.
補票。

天氣

▶ 天気予報が当たる。
te.n.ki.yo.ho.u.ga./a.ta.ru.
氣象預報很準。

▶ 天気予報が外れる。
te.n.ki.yo.ho.u.ga./ha.zu.re.ru.
氣象預報不準。

▶ 気温が上がる。
ki.o.n.ga./a.ga.ru.
氣溫上升。

▶ 気温が下がる。
ki.o.n.ga./sa.ga.ru.
氣溫下降。

▶ 梅雨に入る。
tsu.yu.ni./ha.i.ru.
進入梅雨季。

▶ 梅雨が明ける。
tsu.yu.ga./a.ke.ru.
梅雨季結束。

▶ 雨に濡れる。
a.me.ni./nu.re.ru.
被雨淋濕。

▶ 台風が近づく。
ta.i.fu.u.ga./chi.ka.zu.ku.
有颱風接近。

▶ 日が昇る。
hi.ga.no.bo.ru.
太陽升起。

▶ 日が沈む。
hi.ga.shi.zu.mu.
太陽西下。

▶ 日が当たる。
hi.ga.a.ta.ru.
太陽直射。

醫院

▶ 医者に見てもらう。
i.sha.ni./mi.te.mo.ra.u.
看醫生。

▶ 病院で見てもらう。
byo.u.i.n.de./mi.te.mo.ra.u.
看醫生。

▶ 診察する。
shi.n.sa.tsu.su.ru.
接受診療。

▶ 診察を受ける。
shi.n.sa.tsu.o./u.ke.ru.
接受診療。

▶ 人間ドックに入る。
ni.n.ge.n.do.kku.ni./ha.i.ru.
進行健康檢查。

▶ 手当てする。
te.a.te.su.ru.
進行處置。

▶ 治療する。
chi.ryo.u.su.ru.
著手治療。

• track 118

▶ 薬を出す。
ku.su.ri.o./da.su.
開藥。

▶ レントゲンを採る。
re.n.to.ge.n.o.to.ru.
拍x光片。

▶ 検査する。
ke.n.sa.su.ru.
進行檢查。

▶ 血を採る。
chi.o.to.ru.
抽血。

▶ 息を吸う。
i.ki.o.su.u.
吸氣。

▶ 息を止める。
i.ki.o.to.me.ru.
閉氣。

▶ 深呼吸する。
shi.n.ko.kyu.u.su.ru.
深呼吸。

▶ 注射する。
chu.u.sha.su.ru.
打針。

▶ 点滴を打つ。
te.n.te.ki.o.u.tsu.
注射點滴。

▶ 手術する。
shu.ju.tsu.su.ru.
進行手術。

▶ 入院する。
nyu.u.i.n.su.ru.
住院。

▶ 退院する。
ta.i.i.n.su.ru.
出院。

▶ お見舞いに行く。
o.mi.ma.i.ni./i.ku.
去探病。

▶ 病院に通う。
byo.u.i.n.ni./ka.yo.u.
定期回診。

▶ 通院する。
tsu.u.i.n.su.ru.
定期回診。

身體狀態

▶ 子供が大きくなる。
ko.do.mo.ga./o.o.ki.ku.na.ru.
小孩長大了。

▶ 背が伸びる。
se.ga.no.bi.ru.
長高了。

▶ **体重が増える。**
ta.i.ju.u.ga./fu.e.ru.
體重增加了。

▶ **体重が減る。**
ta.i.ju.u.ga./he.ru.
體重變輕了。

▶ **髪が伸びる。**
ka.mi.ga./no.bi.ru.
頭髮留長。

▶ **歯が生える。**
ha.ga.ha.e.ru.
牙齒長出來。

▶ **歯が抜ける。**
ha.ga./nu.ke.ru.
掉牙齒。

▶ **つめが伸びる。**
tsu.me.ga./no.bi.ru.
指甲留長。

▶ 背が高い。
se.ga.ta.ka.i.
長得高。

▶ 背が低い。
se.ga.hi.ku.i.
長得矮。

▶ 体が大きい。
ka.ra.da.ga./o.o.ki.i.
體型壯碩。

▶ 体が小さい。
ka.ra.da.ga./chi.i.sa.i.
體型嬌小。

▶ 年をとる。
to.shi.o./to.ru.
年齡增長。

▶ 体が弱くなる。
ka.ra.da.ga./yo.wa.ku.na.ru.
身體變虛弱。

▶ 体力がなくなる。
ta.i.ryo.ku.ga./na.ku.na.ru.
漸漸喪失體力。

▶ 目が悪くなる。
me.ga.wa.ru.ku.na.ru.
視力變差。

▶ 耳が遠くなる。
mi.mi.ga./to.o.ku.na.ru.
變得耳背。

▶ 体重を量る。
ta.i.ju.u.o./ha.ka.ru.
量體重。

▶ ひげが伸びる。
hi.ge.ga./no.bi.ru.
鬍子變長。

▶ しわが増える。
shi.wa.ga./fu.e.ru.
皺紋變多。

• track 121

▶ ダイエットする。
da.i.e.tto.su.ru.
減肥。

▶ 運動不足になる。
u.n.do.u.bu.so.ku.ni./na.ru.
變得運動量不足。

▶ 背伸びをする。
se.no.bi.o./su.ru.
伸懶腰。

▶ 膝を曲げる。
hi.za.o./ma.ge.ru.
曲膝。

▶ 腰を曲げる。
ko.shi.o./ma.ge.ru.
彎腰。

▶ ひじを曲げる。
hi.ji.o.ma.ge.ru.
彎手臂。

▶ 首を回す。
ku.bi.o./ma.wa.su.
轉脖子。

▶ 手首を回す。
te.ku.bi.o./ma.wa.su.
轉手腕。

▶ 足首を回す。
a.shi.ku.bi.o./ma.wa.su.
轉腳踝。

駕駛

▶ 運転席に座る。
u.n.te.n.se.ki.ni./su.wa.ru.
坐上駕駛座。

▶ シートベルトをしめる。
shi.i.to.be.ru.to./o.shi.me.ru.
繫安全帶。

• track 122

▶ シートベルトをする。
shi.i.to.be.ru.to.o./su.ru.
繫安全帶。

▶ ドアをロックする。
do.a.o./ro.kku.su.ru.
鎖門。

▶ 免許を取る。
me.n.kyo.o./to.ru.
考上駕照。

▶ 教習所に通う。
kyo.u.shu.u.sho.ni./ka.yo.u.
（去教練場）學開車。

▶ ミラーを調節する。
mi.ra.a.o./cho.u.se.tsu.su.ru.
調後視鏡。

▶ ミラーを直す。
mi.ra.a.o./na.o.su.
調後視鏡。

▶ ギアをパーキングに入れる。
gi.a.o./pa.a.ki.n.gu.ni./i.re.ru.
打P檔。

▶ ギアがパーキングに入っている。
gi.a.ga./pa.a.ki.n.gu.ni./ha.i.tte.i.ru.
車子目前是在P檔。

▶ アクセルを踏む。
a.ku.se.ru.o./fu.mu.
踩油門。

▶ エンジンをかける。
e.n.ji.n.o./ka.ke.ru.
發動引擎。

▶ エンジンを切る。
e.n.ji.n.o./ki.ru.
熄火。

▶ ブレーキをかける。
bu.re.e.ki.o./ka.ke.ru.
踩剎車。

•track 123

> ▶ ブレーキを踏む。
> bu.re.e.ki.o./fu.mu.
> 踩刹車。

> ▶ バックする。
> ba.kku.su.ru.
> 倒車。

> ▶ バックオーライ／オーライ
> ba.kku.o.o.ra.i./o.o.ra.i.
> 後退。（幫助別人倒車時說的話）

> ▶ ハンドルを切る。
> ha.n.do.ru.o./ki.ru.
> 轉動方向盤。

> ▶ カーブを曲がる。
> ka.a.bu.o./ma.ga.ru.
> 轉彎。

> ▶ ウィンカーを出す。
> ui.n.ka.a.o./da.su.
> 閃燈。

▶ ライトをつける。
ra.i.to.o./tsu.ke.ru.
開燈。

▶ バッテリーがあがる。
ba.tte.ri.i.ga./a.ga.ru.
電瓶沒電。

▶ スピードを出す。
su.pi.i.do.o./da.su.
加速。

▶ スピードを上げる。
su.pi.i.do.o./a.ge.ru.
加速。

▶ スピードを落とす。
su.pi.i.do.o./o.to.su.
減速。

▶ 信号が変わる。
shi.n.go.u.ga./ka.wa.ru.
信號轉換。／變燈。

▶ 信号待ちする。
しんごうま
shi.n.go.u.ma.chi.su.ru.
等紅燈。

▶ 制限速度を守る。
せいげんそくど　まも
se.i.ge.n.so.ku.do.o./ma.mo.ru.
遵守速限。

▶ 飛び出し注意。
と　だ　ちゅうい
to.bi.da.shi.chu.u.i.
小心行人。

▶ 車線をかえる。
しゃせん
sha.se.n.o./ka.e.ru.
變換車道。

▶ 流れにのる。
なが
na.ga.re.ni./no.ru.
跟上車行速度。

▶ 渋滞している。
じゅうたい
ju.u.ta.i.shi.te.i.ru.
塞車。

▶ 前の車を追い越す。
ma.e.no.ku.ru.ma.o./o.i.ko.su.
超車。

▶ 後ろの車に追い越される。
u.shi.ro.no.ku.ru.ma.ni./o.i.ko.sa.re.ru.
被超車。

▶ クラクションを鳴らす。
ku.ra.ku.sho.n.o./na.ra.su.
按喇叭。

▶ クラクションを鳴らされる。
ku.ra.ku.sho.n.o./na.ra.sa.re.ru.
被按喇叭。

▶ 道がすべる。
mi.chi.ga./su.be.ru.
路很滑。

▶ スリップする。
su.ri.ppu.su.ru.
打滑。

• track 125

▶ こする。
ko.su.ru.
擦過。

▶ ぶつける。
bu.tsu.ke.ru.
撞到。

▶ 高速に乗る。
ko.u.so.ku.ni./no.ru.
上高速公路。

▶ 高速に入る。
ko.u.so.ku.ni./ha.i.ru.
上高速公路。

▶ 高速を降りる。
ko.u.so.ku.o./o.ri.ru.
下高速公路。

▶ 高速を出る。
ko.u.so.ku.o./de.ru.
下高速公路。

▶ ガソリンを入れる。
ga.so.ri.n.o./i.re.ru.
加油。

▶ 満タンにする。
ma.n.ta.n.ni./su.ru.
加滿油。

▶ 駐車場に入れる。
chu.u.sha.jo.u.ni./i.re.ru.
停入停車場。

▶ 駐車場にとめる。
chu.u.sha.jo.u.ni./to.me.ru.
停在停車場。

電腦操作

▶ 電源を入れる。
de.n.ge.n.o./i.re.ru.
開（電腦）電源。

• track 126

▶ 電源を切る。
de.n.ge.n.o./ki.ru.
關（電腦）電源。

▶ パソコンを立ち上げる。
pa.so.ko.n.o./ta.chi.a.ge.ru.
開電腦。

▶ パソコンを落とす。
pa.so.ko.n.o./o.to.su.
關機。

▶ キーを押す。
ki.i.o./o.su.
按鍵盤。

▶ 画面に出る。
ga.me.n.ni./de.ru.
出現在畫面上。

▶ 文字化けが出る。
mo.ji.ba.ke.ga./de.ru.
出現亂碼。

▶ カーソルを動かす。
ka.a.so.ru.o./u.go.ka.su.
移動滑鼠。

▶ カーソルをアイコンに合わせる。
ka.a.so.ru.o./a.i.ko.n.ni./a.wa.se.ru.
把滑鼠對準圖示。

▶ ファイルを呼び出す。
fa.i.ru.o./yo.bi.da.su.
叫出檔案。

▶ かなを漢字に変換する。
ka.na.o./ka.n.ji.ni./he.n.ka.n.su.ru.
把假名變成漢字。

▶ 入力する。
nyu.u.ryo.ku.su.ru.
輸入。

▶ 登録する。
to.u.ro.ku.su.ru.
登錄。

▶ 打ち込む。
う　こ
u.chi.ko.mu.
輸入。

▶ 複写する。
ふくしゃ
fu.ku.sha.su.ru.
複製。

▶ 挿入する。
そうにゅう
so.u.nyu.u.su.ru.
插入。

▶ 移動する。
いどう
i.do.u.su.ru.
移動。

▶ 削除する。
さくじょ
sa.ku.jo.su.ru.
刪除。

▶ 線を引く。
せん　ひ
se.n.o./hi.ku.
加底線。

▶ ファイル名をつける。
fa.i.ru.me.i.o./tsu.ke.ru.
取檔名。

▶ ファイルを保存する。
fa.i.ru.o./ho.zo.n.su.ru.
存檔。

▶ DVD を焼く。
d.v.d.o./ya.ku.
燒光碟。

▶ ネットサーフィンをする。
ne.tto.sa.a.fi.n.o./su.ru.
瀏灠各網站。

▶ メニューが出る。
me.nyu.u.ga./de.ru.
電腦的開始程式集。

▶ コピペ禁止。
ko.pi.pe.ki.n.shi.
禁止複製。

擬聲擬態語

走路的樣子

▶ すたすた
su.ta.su.ta.
急步向前走

例 今はすたすた歩いている。

i.ma.wa./su.ta.su.ta./a.ru.i.te./i.ru.
現在正快步向前走。

▶ とぼとぼ
to.bo.to.bo.
無精打采的走路

例 一人さびしくとぼとぼ帰っていきました。

hi.to.ri.sa.bi.shi.ku./to.bo.to.bo./ka.e.tte./i.ki.ma.shi.ta.
一個人寂寞並無精打采的回家。

▶ ぶらぶら
bu.ra.bu.ra.
閒逛

例 公園をぶらぶら歩いて散歩しました。

ko.u.e.n.o./bu.ra.bu.ra./a.ru.i.te./sa.n.bo.shi.ma.shi.ta.
在公園閒逛、散步。

► **どかどか**
do.ka.do.ka.
大量人或物出現吵雜的樣子

例 大勢の人がどかどか押しかけてきた。
o.o.ze.i.no.hi.to.ga./do.ko.do.ka./o.shi.ka.ke.te.ki.ta.

► **ちょこちょこ**
cho.ko.cho.ko.
小步匆忙或來回走動的樣子

例 知らない子猫がちょこちょこ私のほうに走り
よってきた。
shi.ra.na.i.ko.ne.ko.ga./cho.ko.cho.ko./wa.ta.shi.no.ho.
u.ni./ha.shi.ri.yo.tte.ki.ta.
陌生的小貓快步跑到我的身邊。

► **うろうろ**
u.ro.u.ro.
心神不定、沒有目的地轉來轉去

例 変な人が家の前をうろうろしていた。
he.n.na.hi.to.ga./i.e.no.ma.e.o./u.ro.u.ro.shi.te.i.ta.
有個奇怪的人在家門前晃來晃去。

► **ふらりと**
fu.ra.ri.to.
突然想到要去哪裡而前往

例 急に思いついてふらりと東京を訪ねてみた。
kyu.u.ni./o.mo.i.tsu.i.te./fu.ra.ri.to./to.u.kyo.u.o./ta.zu.ne.te.mi.ta
突然想去東京看看。

坐下的樣子

► **でんと**
de.n.to.
龐大而深重的人坐著

例 大柄な人がでんと座っています。
o.o.ga.ra.na.hi.to.ga./de.n.to./su.wa.tte.i.ma.su.
有個身材高大的人穩坐著。

► **へたへたと**
he.ta.he.ta.to.
精疲力竭的癱坐

例 激しい試合の後、選手たちはへたへたと崩れるように座り込みます。

ha.ge.shi.i.shi.a.i.no.a.to./se.n.shu.ta.chi.wa./he.ta.he.ta.to./ku.zu.re.ru.yo.u.ni./su.wa.ri.ko.mi.ma.su.

激烈的比賽過後，選手們精疲力竭的癱坐著。

▶ ぺたんと
pe.ta.n.to.
一屁股坐下／累得站不起來

例 男の子は、床にぺたんとお尻をつけて座ったまま、お菓子を食べていた。

o.to.ko.no.ko.wa./yu.ka.ni./pe.ta.n.to./o.shi.ri.o./tsu.ke.te./su.wa.tta.ma.ma./o.ka.shi.o./ta.be.te.i.ta.

小男生一屁股坐在地板上吃零食。

▶ ちょこんと
cho.ko.n.to.
孤零零的、輕輕的坐著

例 このぬいぐるみは小さくて、ちょこんと手のひらに乗るくらいの大きさだった。

ko.no.nu.i.gu.ru.mi.wa./chi.i.sa.ku.te./cho.ko.n.to./te.no.hi.ra.ni./no.ru.ku.ra.i.no./o.o.ki.sa.da.tta.

這個布偶很小，是可以剛好放在手掌心上的大小。

► どっかり
do.kka.ri.
沉重又穩定的坐著

例 力士がどっかり座って、誰が押しても動かない。

ri.ki.shi.ga./do.kka.ri.su.wa.tte./da.re.ga.o.shi.te.mo./u.go.ka.na.i.

相撲力士穩坐著，任誰都推不動。

► むっくと
mu.kku.to.
突然靜靜的起身或抬頭

例 座っていた猫は静かにむっくと立ち上がり、こちらをにらんだ。

su.wa.tte.i.ta.ne.ko.wa./shi.zu.ka.ni./mu.kku.to./ta.chi.a.ga.ri./ko.chi.ra.o./ni.ra.n.da.

原本坐著的貓突然靜靜的抬起頭來瞪著這裡。

► がばっと
ga.ba.tto.
一下子突然改變姿勢

例 目覚まし時計が鳴ると、私は勢いよくがばっと跳ね起きた。

me.za.ma.shi.do.ke.i.ga./na.ru.to./wa.ta.shi.wa./i.ki.o.i.
yo.ku./ga.ba.tto.ha.ne.o.ki.ta.
鬧鐘一響，我就一股作氣跳了起來。

▶ しゃんと
sha.n.to.
精神一振或是端正姿勢

例 スーツを着ると、姿もしゃんとする。
su.u.tsu.o.ki.ru.to./su.ga.ta.mo./sha.n.to.su.ru.
穿上西裝後，儀態也變得十分端正。

緊張的樣子

▶ おそるおそる
o.so.ru.o.so.ru.
雖然害怕還是要做某事

例 ダンボールの中で何かごそごそ音がするので、
おそるおそるあけて見た。
da.n.bo.o.ru.no.na.ka.de./na.ni.ka./go.so.go.so.o.to.ga.
su.ru.no.de./o.so.ru.o.so.ru.a.ke.te.mi.ta.
紙箱中發出了一些聲響，我害怕的打開來看。

▶ ぎょっと
gyo.tto.
面對突如其來的事情的反應

例 突然肩を叩かれてぎょっとしました。
to.tsu.ze.n./ka.ta.o.ta.ta.ka.re.te./gyo.tto.shi.ma.shi.ta.
突然被拍肩膀讓我嚇了一跳。

▶ びくびく
bi.ku.bi.ku.
擔心不祥的事情發生而緊張

例 びくびくしながら、親に成績表を見せた。
bi.ku.bi.ku.shi.na.ga.ra./o.ya.ni./se.i.se.ki.hyo.u.o./mi.se.ta.
一邊擔心著一邊給父母看成績單。

▶ はっと
ha.tto.
突然。／吃驚。

例 パトカーのサイレンにはっと目が覚めた。
pa.to.ka.a.no./sa.i.re.n.ni./ha.tto.me.ga.sa.me.ta.
警車的警鈴讓我突然醒來。

▶ たじたじ
ta.ji.ta.ji.
因對方的話語或氣氛而感到不知所措

例 彼は空手が上手で、先輩たちもたじたじだ。
ka.re.wa./ka.ra.re.ga./jo.u.zu.de./se.n.pa.i.ta.chi.mo./ta.ji.ta.ji.da.
他很擅長空手道，連前輩都怕他三分。

▶ おどおど
o.do.o.do.
因恐懼而心神不寧

例 先生の前では、いつもおどおどしてしまう。
se.n.se.i.no.ma.e.de.wa./i.tsu.mo./o.do.o.do.sh.te.shi.ma.u.
在老師的面前我一直都感到心神不寧。

▶ おっかなびっくり
o.kka.na.bi.kku.ri.
提心吊膽

例 高価な車を運転したのでおっかなびっくりだった。
ko.u.ka.na./ku.ru.ma.o./u.n.te.n.shi.ta.no.de./o.kka.na.bi.kku.ri.da.tta.
因為開著高級的車子而感到提心吊膽。

▶ **おたおた**
o.ta.o.ta.
因突發狀況而驚慌失措

例 急にスピーチを頼まれ、おたおたしてしまった。

kyu.u.ni./su.pi.i.chi.o./ta.no.ma.re./o.ta.o.ta.shi.te.shi.ma.tta.

突然被要求發表演說，而驚慌失措。

觸感

▶ **ぶつぶつ**
bu.tsu.bu.tsu.
粗糙、凹凸不平的樣子

例 この物の表面には、小さな穴がぶつぶつ開いていた。

ko.no.mo.no.no./hyo.u.me.n.ni.wa./chi.i.sa.na.a.na.ga./bu.tsu.bu.tsu./a.i.te.i.ta.

這個物體的表面有凹凸不平的小洞。

▶ **くしゃくしゃ**
ku.sha.ku.sha.
揉捏物品後皺皺的樣子

例 手紙をくしゃくしゃに丸めて捨てた。

te.ga.mi.o./ku.sha.ku.sha.ni./ma.ru.me.te./su.te.ta.

把信捏成一團丟掉。

• track 133

▶ ごつごつ

go.tsu.go.tsu.

像石頭一樣硬而粗

例 父の手は節くれだっていてごつごつしている。

chi.chi.no.te.wa./fu.shi.ku.re.da.tte.i.te./go.tsu.go.tsu.
shi.te.i.ru.

爸爸的手一節一節的像石頭一樣粗糙。

▶ しわくちゃ

shi.wa.ku.cha.

有摺痕、皺皺的

例 服がしわくちゃになってしまった。

fu.ku.ga./shi.wa.ku.cha.ni./na.tte.shi.ma.tta.

衣服變得皺皺的。

▶ ざらざら

za.ra.za.ra.

粗粗有顆粒的

例 砂糖を床にこぼしてしまったので、歩くとざ
らざらする。

sa.to.u.o./yu.ka.ni./ko.bo.shi.te.shi.ma.tta.no.de./a.ru.
ku.to./za.ra.za.ra.su.ru.

因為糖灑到地板上了，所以走起來地板粗粗的。

▶ つるつる

tsu.ru.tsu.ru.

極為光滑

例 この宝石の表面がつるつるしています。

ko.no.ho.u.se.ki.no.hyo.u.me.n.ga./tsu.ru.tsu.ru.shi.te.
i.ma.su.

這塊寶石的表面很光滑。

▶ ぬるぬる

nu.ru.nu.ru.

黏黏滑滑

例 どじょうがぬるぬるしていて、つかみにくい。

do.jo.u.ga./nu.ru.nu.ru.shi.te.i.te./tsu.ka.mi.ni.ku.i.

泥鰍又黏又滑很難抓。

▶ すべすべ

su.be.su.be.

布料或皮膚表面光滑的樣子

例 シルクの生地はすべすべしています。

shi.ru.ku.no.ki.ji.wa./su.be.su.be.shi.te.i.ma.su.

絲質的布料很光滑。

• track 134

向上增加的樣子

▶ ぼうぼう

bo.u.bo.u.

不加修整，長得又亂又蓬

例 ひげも髪もぼうぼうに伸びて、醜いですね。

hi.ge.mo.ka.mi.mo./bo.u.bo.u.ni.no.bi.te./mi.ni.ku.i.de.su.
ne.

鬍鬚和頭髮生長雜亂，看起來很難看。

▶ ぐんぐん

gu.n.gu.n.

發展順利／長度、距離、高度等迅速增加的樣子

例 この店の売り上げはぐんぐん伸びています。

ko.no.mi.se.no.u.ri.a.ge.wa./gu.n.gu.n.no.bi.te.ma.su.

這家店的營業額大幅的上升。

▶ ひょろひょろ

hyo.ro.hyo.ro.

細長弱不禁風的樣子

例 いくら食べても太らなくて、身長ばかりがひょ
ろひょろ伸びています。

i.ku.ra.ta.be.te.mo./fu.to.ra.na.ku.te./shi.n.cho.u.ba.ka.
ri.ga./hyo.ro.hyo.ro.no.bi.te.i.ma.su.

不管怎麼吃也不會胖，只有身高不停的拉長。

▶ むくむく
mu.ku.mu.ku.
蠕動起來／向上隆起的樣子

例 土の中の虫は春になってむくむくとおきだし
てきた。
tsu.chi.no.na.ka.no.mu.shi.wa./ha.ru.ni.na.tte./mu.ku.
mu.ku.to./o.ki.da.shi.te.ki.ta.
在土壤中的蟲到了春天就紛紛蠢蠢欲動。

▶ どんどん
do.n.do.n.
不停地向前發展

例 借金はどんどん増えてきた。
sha.kki.n.wa./do.n.do.n./fu.e.te.ki.ta.
債務不斷的增加。

▶ ぶくぶく
bu.ku.bu.ku.
虛胖／臃腫

例 冬の間にぶくぶく太ってしまった。
fu.yu.no.a.i.da.ni./bu.ku.bu.ku./fu.to.tte.shi.ma.tta.
在冬天變得很胖。

● track 135

> ► めきめき
> me.ki.me.ki.
> 進步/恢復的狀況明顯

例 病気はめきめき回復している。

byo.u.ki.wa./me.ki.me.ki./ka.i.fu.ku.shi.te.i.ru.

病況有長足的恢復。

物體散落的樣子

> ► ばらばら
> ba.ra.ba.ra.
> 顆粒狀物體散落的樣子

例 ポケットに穴が開いていて、飴をばらばら落と
してしまった。

po.ke.tto.ni./a.na.ga.a.i.te.i.te./a.me.o./ba.ra.ba.ra.o.to.
shi.te./shi.ma.tta.

口袋破了個洞，糖果紛紛掉出來。

> ► はらはら
> ha.ra.ha.ra.
> 花瓣、樹葉、雪花等落下的樣子

例 木の葉ははらはらと散っていく。
ki.no.ha.wa./ha.ra.ha.ra.to./chi.tte.i.ku.
樹葉輕輕的散落。

▶ ぽたぽた
po.ta.po.ta.
水滴連續落下的樣子

例 天井から雨水がぽたぽた漏ってきた。
te.n.jo.u.ka.ra./a.ma.mi.zu.ga./po.ta.po.ta.mo.tte.ki.ta.
雨水從天花板滴下來。

▶ ぽたり
po.ta.ri.
水滴等較小物體落下的樣子

例 木からさくらんぼが一つぽたりと落ちた。
ki.ka.ra./sa.ku.ra.n.bo.ga./hi.to.tsu.po.ta.ri.to./o.chi.ta.
從樹下掉下來了顆櫻桃。

▶ ぱらぱら
pa.ra.pa.ra.
微小的顆粒狀物體落下的樣子

例 肉にぱらぱらと塩を振ります。
ni.ku.ni./pa.ra.pa.ra.to./shi.o.o./fu.ri.ma.su.
在肉上面灑上鹽。

► **ひらひら**
hi.ra.hi.ra.
薄而小的物體在空中飄或飄落的樣子

例 雪がひらひらと舞い落ちた。
yu.ki.ga./hi.ra.hi.ra.to./ma.i.o.chi.ta.
雪花輕輕的飄落。

► **ぽろぽろ**
po.ro.po.ro.
細屑、顆粒不斷掉落的樣子

例 子供はクッキーのかけらを服にぽろぽろ落と
しながら、おいしそうに食べている。
ko.do.mo.wa./ku.kki.i.no.ka.ke.ra.o./fu.ku.ni./po.ro.po.
ro.o.to.shi.na.ga.ra./o.i.shi.so.u.ni./ta.be.te.i.ru.
小朋友津津有味的吃著餅乾，餅乾的碎屑不停的掉在
在身上。

► **だらだら**
da.ra.da.ra.
液體不斷流下來的情形

例 傷口から血がだらだら流れ落ちてきた。
ki.zu.gu.chi.ka.ra./chi.ga.da.ra.da.ra./na.ga.re.o.chi.te.ki.
ta.
血不斷的從傷口滴下來。

空間密度

▶ がらんと
ga.ra.n.to.
建築物或是房間中沒有任何人或物

例 教室の中はがらんとしていて、誰もいなかった。

kyo.u.shi.tsu.no.na.ka.wa./ga.ra.n.to.shi.te.i.te./da.re.mo.i.na.ka.tta.

教室中空無一人。

▶ 空っぽ
ka.ra.ppo.
什麼都沒有

例 箱の中は空っぽだった。

ha.ko.no.na.ka.wa./ka.ra.ppo.da.tta.

箱子裡空無一物。

▶ がらがら
ga.ra.ga.ra.
應有很多人的地方卻沒有什麼人

例 あの店はまずいので、いつもがらがらだ。

a.no.mi.se.wa./ma.zu.i.no.de./i.tsu.mo./ga.ra.ga.ra.da.

這家店很難吃，所以一直都沒有什麼人。

• track 137

▶ **すかすか**
su.ka.su.ka.
很稀疏

例 このスイカはすき間だらけですかすかだった。

ko.no.su.i.ka.wa./su.ki.ma.da.ra.ke.de./su.ka.su.ka.da.
tta.

這顆西瓜裡切開後裡面都是裂痕空隙。

▶ **ちらほら**
chi.ra.ho.ra.
三三兩兩

例 キャンパスに人影がちらほら見えた。

kya.n.pa.su.ni./hi.to.ka.ge.ga./chi.ra.ho.ra.mi.e.ta.
校園中有三三兩兩的人影。

▶ **ぎっしり**
gi.sshi.ri.
塞得滿滿的

例 弁当の中にはご飯がぎっしり詰まっていた。

be.n.to.u.no.na.ka.ni./go.ha.n.ga./gi.sshi.ri./tsu.ma.tte.
i.ta.

便當中塞滿了飯。

▶ びっしり

bi.sshi.ri.

密密麻麻的／滿滿的

例 週末までびっしり予定が詰まっている。

shu.u.ma.tsu.ma.de./bi.sshi.ri./yo.te.i.ga./tsu.ma.tte.i.ru.

到週末為止的預定排得滿滿的。

▶ 過密な

ka.mi.tsu.na.

密度過高的

例 人口が過密な地域だ。

ji.n.ko.u.ga./ka.mi.tsu.na./chi.i.ki.da.

人口密度過高的地區。

▶ ぎゅうぎゅう

gyu.u.gyu.u.

塞得滿滿的

例 ビニールに野菜をぎゅうぎゅうづめしたら、破れてしまった。

bi.ni.i.ru.ni./ya.sa.i.o./gyu.u.gyu.u.zu.me.shi.ta.ra./ya.bu.re.te.shi.ma.tta.

在塑膠袋裡塞滿了蔬菜，最後終於破了。

• track 138

吃東西的樣子

▶ がつがつ
ga.tsu.ga.tsu.
狼吞虎嚥

例 おなかがすいて、料理をがつがつ食べた。

o.na.ka.ga.su.i.te./ryo.u.ri.o./ga.tsu.ga.tsu.ta.be.ta.

因為肚子很餓，所以狼吞虎嚥。

▶ がぶりと
ga.bu.ri.to.
一口咬住／大吃一口

例 犬は私の腕にがぶりと噛み付いた。

i.nu.wa./wa.ta.shi.no.u.de.ni./ga.bu.ri.to./ka.mi.tsu.i.ta.

狗一口咬住我的手腕。

▶ もぐもぐ
mo.gu.mo.gu.
閉著嘴嚼

例 もぐもぐ食べている。

mo.gu.mo.gu.ta.be.te.i.ru.

閉著嘴咀嚼食物。

► **ぱくぱく**
pa.ku.pa.ku.
大口吃東西／嘴巴一張一合

例 好きな肉をぱくぱく食べている。
su.ki.na.ni.ku.o./pa.ku.pa.ku.ta.be.te.i.ru.
大口大口的吃著喜歡的肉。

► **がぶがぶ**
ga.bu.ga.bu.
大口大口喝

例 ビールが大好きで、何杯もがぶがぶ飲んでいる。
bi.i.ru.ga./da.i.su.ki.de./na.n.ba.i.mo./ga.bu.ga.bu.no.n.de.i.ru.
很喜歡喝啤酒，大口大口喝了好幾杯。

► **チューチュー**
chu.u.chu.u.
不停吸吮吸管或奶瓶

例 赤ちゃんはミルクをチューチュー飲んでいる。
a.ka.cha.n.wa./mi.ru.ku.o./chu.u.chu.u./no.n.de.i.ru.
小嬰兒不停的吸著牛奶。

▶ ごくりと
go.ku.ri.to.
一口吞下

例 嫌いな物をごくりと飲み込んだ。

ki.ra.i.na.mo.no.o./go.ku.ri.to./no.mi.ko.n.da.

大口硬吞下不喜歡吃的食物。

▶ 一気に
i.kki.ni.
一口氣

例 ラーメンを一気に食べた。

ra.a.me.no./i.kki.ni.ta.be.ta.

一口氣吃完拉麵。

撞擊的様子

▶ ぺしゃんこ
pe.sha.n.ko.
被強大的外力壓扁

例 大きい地震でビルがぺしゃんこになった。

o.o.ki.i.ji.shi.n.de./bi.ru.ga./pe.sha.n.ko.ni.na.tta.

大樓因為大地震的關係而成為一片平地。

▶ ぺこんと

pe.ko.n.to.

由硬薄材料製成的物體被擠壓後凹陷

例 空き缶を壁の角にぶつけたら、ぺこんとへこんでしまった。

a.ki.ka.n.o./ka.be.no.ka.do.ni./bu.tsu.ke.ta.ra./pe.ko.n.to./he.ko.n.de.shi.ma.tta.

將空罐子拿去撞牆壁的轉角處，便凹了一個洞。

▶ ぐしゃぐしゃ

gu.sha.gu.sha.

被擠壓、擲落而變形的樣子

例 箱がぐしゃぐしゃに壊れる。

ha.ko.ga./gu.sha.gu.sha.ni./ko.wa.re.ru.

箱子被壓扁變形。

▶ びりびり

bi.ri.bi.ri.

將紙、布一下子撕破

例 別れの手紙みびりびりに破いた。

wa.ka.re.no.te.ga.mi.o./bi.ri.bi.ri.ni./ya.bu.i.ta.

把分手信用力撕破。

• track 140

▶ **もみくちゃ**
mo.mi.ku.cha.
受強大外力推擠而變形

㉚ ファンにもみくちゃにされた。
fa.n.ni./mo.mi.ku.cha.ni.sa.re.ta.
被大批的歌迷包圍推擠。

▶ **ぐにゃぐにゃ**
gu.nya.gu.nya.
物體受外力變形

㉚ トラックがぶつかり、ガードレールはぐにゃ
ぐにゃに曲がってしまった。
to.ra.kku.ga./bu.tsu.ka.ri./ga.a.do.re.e.ru.wa./gu.nya.
gu.nya.ni./ma.ga.tte.shi.ma.tta.
因為貨車的撞擊,護欄扭曲變形。

▶ **へなへな**
he.na.he.na.
突然喪失體力而無法站立/物體輕易變曲、變形

㉚ 急にへなへなになる。
kyu.u.ni./he.na.he.na.ni.na.ru.
突然軟了下來。

目視的樣子

▶ じろりと
ji.ro.ri.to.
用銳利的眼光

例 母は娘の服を一度上から下までじろりと見た。

ha.ha.wa./mu.su.me.no.fu.ku.o./i.chi.do./u.e.ka.ra.shi.
ta.ma.de./shi.ro.ri.to.mi.ta.

媽媽用銳利的目光從上到下打量女兒的服裝。

▶ じろじろ
ji.ro.ji.ro.
盯著對方看，引起對方反感

例 変な格好をしていたら人にじろじろ見られた。

he.n.na.ka.kko.u.o./shi.te.i.ta.ra./hi.to.ni./ji.ro.ji.ro.mi.ra.re.
ta.

做了奇怪的打扮，引起別人的注視。

▶ ちらりと
chi.ra.ri.to.
只一次／稍微看到

例 彼はちらりとこちらを見た。

ka.re.wa./chi.ra.ri.to./ko.chi.ra.o./mi.ta.

他往這兒稍微瞄了一眼。

▶ ざっと
za.tto.
大致瀏覽

例 本にざっと目を通した。
ho.ni./za.tto./me.o.to.o.shi.ta.
大致看了一下這本書。

▶ ちらちら
chi.ra.chi.ra.
看一下／時隱時現

例 ちらちら外を見ている。
chi.ra.chi.ra./so.to.o./mi.te.i.ru.
瞄著外面。

▶ きょろきょろ
kyo.ro.kyo.ro.
東張西望／四下張望

例 何をきょろきょろしているの。
na.ni.o./kyo.ro.kyo.ro.shi.te.i.ru.no.
你在東張西望什麼？

▶ じっと
ji.tto.
凝視

例 この花瓶をじっと見つめた。
ko.no.ka.bi.n.o./ji.tto.mi.tsu.me.ta.
凝視著這個花瓶。

▶ まじまじと
ma.ji.ma.ji.to.
目不轉睛的看，以做出判斷

例 まじまじと絵に見入る。
ma.ji.ma.ji.to./e.ni.mi.i.ru.
仔細看著這幅畫。

切刺物品

▶ ぷすっと
pu.su.tto.
用尖的東西在物體上刺出小洞的樣子

例 風船に針をぷすっと刺したら、大きな音を立てて割れた。
fu.u.se.n.ni./ha.ri.o.pu.su.tto./sa.shi.ta.ra./o.o.ki.na.o.

to.o./ta.te.te.wa.re.ta.
用針在氣球上刺一個洞,它發出巨大聲響後破了。

▶ ちくりと
chi.ku.ri.to.
鋒利的工具刺入物體表面的樣子

例 針を指にちくりと刺してしまった。
ha.ri.o./yu.bi.ni./chi.ku.ri.to./sa.shi.te.shi.ma.tta.
針在手指上刺了一下。

▶ ぐさりと
gu.sa.ri.to.
刀子等尖刺物刺入物體的樣子

例 ぐさりとナイフを胸に刺す。
gu.sa.ri.to./na.i.fu.o./mu.ne.ni.sa.su.
刀子刺入了胸膛。

▶ ずぶりと
zu.bu.ri.to.
細長的物體深陷入鬆軟物體中的樣子

例 足がずぶりと泥の中に入る。
a.shi./ga.zu.bu.ri.to./do.ro.no.na.ka.ni./ha.i.ru.
腳陷到軟泥中。

▶ ずたずた
zu.ta.zu.ta.
零零碎碎

⑩ ずたずたに破った。
zu.ta.zu.ta.ni./ya.bu.tta.
破成碎片。

▶ ばっさり
ba.ssa.ri.
下定決心一下心就剪掉

⑩ 髪をばっさり切った。
ka.mi.o./ba.ssa.ri.ki.tta.
下定決心將頭髮剪掉。

▶ ざっくり
za.kku.ri.
一口氣切成大塊

⑩ 雑草を根元からざっくりと刈り取った。
za.sso.u.o./ne.mo.to.ka.ra./za.kku.ri.to./ka.ri.to.tta.
將雜草從根部一口氣割斷。

▶ ばらばら
ba.ra.ba.ra.
四分五裂

例 プラモデルが壊れてばらばらになった。
pu.ra.mo.de.ru.ga./ko.wa.re.te./ba.ra.ba.ra.ni.na.tta.
模型壞了，破得四分五裂。

刺痛感

▶ しくしく
shi.ku.shi.ku.
絞痛／陣痛

例 おなかの奥のほうにずっと痛みがあり、しくしくする。
o.na.ka.no.o.ku.no.ho.u.ni./zu.tto./i.ta.mi.ga.a.ri./shi.ku.shi.ku.su.ru.
肚子一直傳來陣陣的絞痛。

▶ ずきずき
zu.ki.zu.ki.
像脈搏動一樣規律地抽痛

例 虫歯がずきずき痛む。
mu.shi.ba.ga./zu.ki.zu.ki.i.ta.mu.
蛀牙陣陣抽痛著。

► **がんがん**
ga.n.ga.n.
頭像被敲打般的疼痛

例 頭ぎがんがんして、大変だった。
a.ta.ma.ga./ga.n.ga.n.shi.te./ta.i.he.n.da.tta.
頭非常的痛,真是糟糕。

► **ひりひり**
hi.ri.hi.ri.
傷口或皮膚像是被電到般的疼痛/熱辣辣

例 日焼けして肌がひりひりする。
hi.ya.ke.shi.te./ha.da.ga./hi.ri.hi.ri.su.ru.
因為晒傷,皮膚陣陣刺痛。

► **きりきり**
ki.ri.ki.ri.
像被尖銳物刺到的疼痛

例 胃がきりきり痛む。
i.ga.ki.ri.ki.ri.i.ta.mu.
胃不停的刺痛著。

▶ むずむず
mu.zu.mu.zu.
身上很癢像蟲在在爬

例 鼻がむずむずして、くしゃみが出そうだ。
ha.na.ga./mu.zu.mu.zu.shi.te./ku.sha.mi.ga.de.so.u.da.
鼻子很癢，好像要打噴嚏。

▶ ちかちか
chi.ka.chi.ka.
眼睛刺痛

例 イルミネーションをじっと見ていたら、目が
ちかちかしてきた。
i.ru.mi.ne.e.sho.n.o./ji.tto./mi.te.i.ta.ra./me.ga./chi.ka.
chi.ka.shi.te.ki.ta.
盯著燈飾看，眼睛感到刺痛。

▶ ちくちく
chi.ku.chi.ku.
刺刺扎扎的

例 このマフラーを巻くと、ちくちくして痒い。
ko.no.ma.fu.ra.a.o./ma.ku.to./chi.ku.chi.ku.shi.te./ka.
yu.i.
這條圍巾圍了之後覺得脖子很癢。

形容睡相

▶ ぐうぐう
gu.u.gu.u.
呼呼大睡

例 ぐうぐういびきをかいて寝ている。
gu.u.gu.u./i.bi.ki.o.ka.i.te./ne.te.i.ru.
呼呼大睡並且打呼。

▶ うとうと
u.to.u.to.
打盹

例 電車のなかでうとうとしてしまった。
de.n.sha.no.na.ke.de./u.to.u.to.shi.te.shi.ma.tta.
在電車中打盹。

▶ すやすや
su.ya.su.ya.
小孩睡得香甜的樣子

例 赤ちゃんがすやすや寝ている。
a.ka.cha.n.ga./su.ya.su.ya./ne.te.i.ru.
嬰兒正睡得很香甜。

▶ ぐっすり
gu.ssu.ri.
酣睡

例 一度も目が覚めないでぐっすり眠った。
i.chi.do.mo./me.ga.sa.me.na.i.de./gu.ssu.ri./ne.mu.tta.
酣睡著完全沒醒來。

▶ こんこんと
ko.n.ko.n.to.
睡死了

例 こんこんと眠り続ける。
ko.n.ko.n.to./ne.mu.ri.tsu.zu.ke.ru.
睡死了。

▶ うつらうつら
u.tsu.ra.u.tsu.ra.
昏昏欲睡的樣子

例 うつらうつらし始めたときに、電話が鳴った。
u.tsu.ra.u.tsu.ra./shi.ha.ji.me.ta.to.ki.ni./de.n.wa.ga.na.
tta.
正開始昏昏欲睡時，電話就響了。

▶ **まんじり**
ma.n.ji.ri.
闔眼

例 一晩中まんじりともしないで看病した。

hi.to.ba.n.chu.u./ma.n.ji.ri.to.mo.shi.na.i.de./ka.n.byo.u.shi.ta.

整晚都在照顧病人沒有闔眼。

▶ **こくりこくり**
ko.ku.ri.ko.ku.ri.
睡覺前點後仰的樣子

例 こくりこくりしていたら、頭を机にぶつけてしまった。

ko.ku.ri.ko.ku.ri./shi.te.i.ta.ra./a.ta.ma.o./tsu.ku.e.ni./bu.tsu.ke.te.shi.ma.tta.

點頭打瞌睡，結果頭撞到桌子。

形容身材

▶ **骨と皮**
ho.ne.to.ka.wa.
皮包骨

例 アフリカの子供たちは皆、やせ細り骨と皮に
なった。

a.fu.ri.ka.no./ko.do.mo.ta.chi.wa./mi.na./ya.se.ho.so.
ri./ho.ne.to.ka.wa.ni.na.tta.

非洲的小孩都瘦得皮包骨。

▶ ぎすぎす
gi.su.gi.su.
骨瘦如柴

例 彼女は細すぎて、ぎすぎすしている感じがし
た。

ka.no.jo.wa./ho.so.su.gi.te./gi.su.gi.su.shi.te.i.ru./ka.n.
ji.ga.shi.ta.

她太瘦了，給人骨瘦如柴的感覺。

▶ ほっそり
ho.sso.ri.
身材纖細

例 彼女は色が白くてほっそりしている。

ka.no.jo.wa./i.ro.ga.shi.ro.ku.te./ho.sso.ri.shi.te.i.ru.

她又白皙又纖瘦。

▶ すらりと
su.ra.ri.to.
身材修長

例 手足が長くすらりとした美人

te.a.shi.ga./na.ga.ku./su.ra.ri.to.shi.ta./bi.ji.n.

手腳細長身材修長的美女。

▶ **小柄**
ko.ga.ra.
身材矮小

例 彼はほかの選手より背も低く、小柄だった。

ka.re.wa./ho.ka.no.se.n.shu.yo.ri./se.mo.hi.ku./ko.ga.
ra.da.tta.

他比其他的選手還矮，是身材矮小的選手。

▶ **ぶくぶく**
bu.ku.bu.ku.
肥胖

例 食べ過ぎてぶくぶく格好悪く太ってしまった。

ta.be.su.gi.te./bu.ku.bu.ku./ka.kko.u.wa.ru.ku./fu.to.tte.
shi.ma.tta.

吃太多了，變得又胖又醜。

▶ **ぽっちゃり**
po.ccha.ri.
胖得很可愛

例 かわいい女の子は顔が丸くて、ぽっちゃりしている。

ka.wa.i.i./o.n.na.no.ko.wa./ka.o.ga.ma.ru.ku.te./po.cha.ri.shi.te.i.ru.

可愛的小女孩臉圓圓的，身材胖胖的。

▶ ずんぐり
zu.n.gu.ri.
矮胖

例 あの人は背が低いのに太っているのでずんぐりしていた。

a.no.hi.to.wa./se.ga.hi.ku.i.no.ni./fu.to.tte.i.ru.no.de./zu.n.gu.ri.shi.te.i.ta.

那個人身高不高卻很胖，看起來十分矮胖。

▶ がっしり
ga.sshi.ri.
結實

例 あの野球選手はがっしりとした体型をしている。

a.no.ya.kyu.u.se.n.shu.wa./ga.sshi.ri.to.shi.ta./ta.i.ke.i.o./shi.te.i.ru.

那位棒球選手有著結實的體型。

► でっぷり
de.ppu.ri.
粗壯結實／儀表堂堂

例 でっぷり太った男性。
de.ppu.ri.fu.to.tta.da.n.se.i.
粗壯威武的男性。

哭泣的樣子

► しくしく
shi.ku.shi.ku.
女生啜泣

例 女の子は小さい声でしくしく泣いていた。
o.n.na.no.ko.wa./chi.i.sa.i.ko.e.de./shi.ku.shi.ku.na.i.te.i.ta.
小女生用細小的的聲音啜泣著。

► えんえん
e.n.e.n.
幼兒撒嬌似的哭泣

例 子供がえんえんないている。
ko.do.o.ga./e.n.e.n.na.i.te.i.ru.
小朋友撒嬌似的哭泣著。

> ▶ ぎゃあぎゃあ
> gya.a.gya.a.
> 幼兒大哭的樣子

例 あの子供は転んじゃって、ぎゃあぎゃあ泣いた。

a.no.ko.do.mo.wa./ko.ro.n.ja.tte./gya.a.gya.a.na.i.ta.

那個小孩跌倒了，放聲大哭。

> ▶ うるうる
> u.ru.u.ru.
> 眼眶泛淚

例 皆にお祝いされた彼はうるうるしていた。

mi.na.ni./o.i.wa.i.sa.re.ta.ka.re.wa./u.ru.u.ru.shi.te.i.ta.

接受大家的祝福，讓他紅了眼眶。

> ▶ わあわあ
> wa.a.wa.a.
> 哇哇大哭

例 赤ん坊がわあわあ泣く。

a.ka.n.bo.u.ga./wa.a.wa.a.na.ku.

小嬰兒哇哇大哭。

▶ ほろりと
ho.ro.ri.to.
因感動，眼淚不由自主的掉下來

例 話を聴いてほろりとした。
ha.na.shi.o./ki.i.te./ho.ro.ri.to.shi.ta.
聽了這一席話後忍不住落下淚來。

▶ ぽろりと
po.ro.ri.to.
無意中掉下一滴淚

例 大きな涙がぽろりと落ちる。
o.o.ki.na.na.mi.da.ga./po.ro.ri.to./o.chi.ru.
落下一顆斗大的淚。

▶ めそめそ
me.so.me.so.
動不動就哭／愛哭

例 これくらいのことでめそめそするな。
ko.re.ku.ra.i.no.ko.to.de./me.so.me.so.su.ru.na.
不要因為這點小事就哭哭啼啼的。

• track 149

形容火勢

▶ **ちょろちょろ**
cho.ro.cho.ro.
小火苗搖曳不定

📖 ちょろちょろと小さな炎が燃えていた。
cho.ro.cho.ro.to./shi.i.sa.na.ho.no.o.ga./mo.e.te.i.ta.
小火苗搖曳燃燒著。

▶ **ぼうぼう**
bo.u.bo.u.
火勢迅猛

📖 ぼうぼうと勢いよく燃えた。
bo.u.bo.u.to./i.ki.o.i.yo.ku./mo.e.ta.
火勢猛烈的燒著。

▶ **めらめら**
me.ra.me.ra.
大火順勢蔓延

📖 カーテンに火がついてめらめら燃え上がっている。
ka.a.te.n.ni./hi.ga.tsu.i.te./me.ra.me.ra./mo.e.a.ga.tte.i.ru.
火延燒到窗簾上順勢燃燒。

► **かっか**
ka.kka.
火燒得很旺

⑩ 炭火がかっかとおこる。
su.mi.bi.ga./ka.kka.to.o.ko.ru.
炭火燒得很旺。

► **ぐらぐら**
gu.ra.gu.ra.
水沸騰

⑩ お湯はぐらぐらと煮えたぎる。
o.yu.wa./gu.ra.gu.ra.to./ni.e.ta.gi.ru.
水煮沸了。

► **とろとろ**
to.ro.to.ro.
小火苗燃燒／小火慢煮

⑩ とろとろとかまどの火が燃えている。
to.ro.to.ro.to./ka.ma.do.no.hi.ga./mo.e.te.i.ru.
爐子上的小火苗持著燃燒著。

> ▶ かんかん
> ka.n.ka.n.
> 炭火燒得炙熱

例 かんかんにおこった炭火。

ka.n.ka.n.ni./o.ko.tta.su.mi.bi.

燒得正旺的炭火。

> ▶ ぼっと
> bo.tto.
> 瞬間燒得很旺

例 新聞がぼっと燃える。

shi.n.bu.n.ga./bo.tto.mo.e.ru.

報紙瞬間燒了起來。

形容動作

> ▶ きびきび
> ki.bi.ki.bi.
> 動作俐落，看上去很舒服

例 バスケット選手のきびきびとした動きは、見て
いて気持ちがいい。

ba.su.ke.tto.se.n.shu.no./ki.bi.ki.bi.to.shi.ta./u.go.ki.
wa./mi.te.i.te./ki.mo.chi.ga.i.i.

籃球選手俐落的動作讓人看了很舒服。

▶ 手早い
te.ba.ya.i.
動作迅速

例 身支度を手早くすませる。

mi.shi.ta.ku.o./te.ba.ya.ku.su.ma.se.ru.
很快的準備好。

▶ さっさと
sa.ssa.to.
迅速完成某事

例 与えられた仕事をさっさと片付ける。

a.ta.e.ra.re.ta./shi.go.to.o./sa.ssa.to./ka.ta.zu.ke.ru.
很快的處理好被交付的工作。

▶ てきぱき
te.ki.pa.ki.
做事俐落

例 やり方がてきぱきしている。

ya.ri.ka.ta.ga./te.ki.pa.ki.shi.te.i.ru.
作法很乾淨俐落。

• track 151

▶ のろのろ
no.ro.no.ro.
動作緩慢／進展緩慢

🚩 渋滞で車はのろのろしか動かない。

ju.u.ta.i.de./ku.ru.ma.wa./no.ro.no.ro.shi.ka./u.go.ka.na.i.

因為塞車所以車子前進緩慢。

▶ ぐずぐず
gu.zu.gu.zu.
做事磨磨蹭蹭

🚩 ぐずぐずしていると電車に遅れるよ。

gu.zu.gu.zu.shi.te.i.ru.to./de.n.sha.ni./o.ku.re.ru.yo.

別在磨蹭了，會趕不上電車喔！

▶ もたもた
mo.ta.mo.ta.
慢吞吞的

🚩 何をもたもたしてるんだ、早くしろ。

na.ni.o./mo.ta.mo.ta.shi.te.ru.n.da./ha.ya.ku.shi.ro.

別在拖拖拉拉的，快一點做！

▶ だらだら
da.ra.da.ra.
磨磨蹭蹭/拖拖拉拉

例 昼間だらだらしていたから、残業になっちゃった。

hi.ru.ma.da.ra.da.ra.shi.te.i.ta.ka.ra./za.n.gyo.u.ni.na.ccha.tta.

白天的時候都拖拖拉拉的,所以才會加班。

▶ ばりばり
ba.ri.ba.ri.
幹勁十足

例 憧れの会社に入ってから、ばりばり働くようになった。

a.ko.ga.re.no.ka.i.sha.ni./ha.i.tte.ka.ra./ba.ri.ba.ri.ha.ta.ra.ku.yo.u.ni./na.tta.

因為進入了理想中的公司,所以變得幹勁十足。

移動的樣子

▶ さっと
sa.tto.
動作及做事速度極快

• track 152

例 さっと立って教室を出て行く。
sa.tto.ta.tte./kyo.u.shi.tsu.o./de.te.i.ku.
馬上站起來離開教室。

▶ **すいすい**
su.i.su.i.
輕鬆自由的移動

例 トンボがすいすい飛んでいる。
to.n.bo.ga./su.i.su.i.to.n.de.i.ru.
蜻蜓在空中輕快的飛著。

▶ **ぞろぞろ**
zo.ro.zo.ro.
人或物一個接著一個移動

例 大勢の人がぞろぞろ歩いている。
o.o.ze.i.no.hi.to.ga./zo.ro.zo.ro./a.ru.i.te.i.ru.
大批的人潮一個接一個走著。

▶ **ぐるぐる**
gu.ru.gu.ru.
沉動的物體順著大圈圈轉動／在同一個地方轉來轉去

例 池の周りをぐるぐる回る。
i.ke.no.ma.wa.ri.o./gu.ru.gu.ru.ma.wa.ru.
在池塘的周圍繞來繞去。

► **するりと**
su.ru.ri.to.
輕快而順暢的穿過或移動

例 するりと逃げる。
su.ru.ri.to.ni.ge.ru.
輕快的溜走逃走了。

► **転々と**
te.n.te.n.to.
地點或工作變動頻繁

例 転々と学校を変える。
te.n.te.n.to./ga.kko.u.o./ka.e.ru.
不停的轉學。

► **ころころ**
ko.ro.ko.ro.
滾動樣子

例 栗が落ちて、坂道をころころ転がっていった。
ku.ri.ga.o.chi.te./sa.ka.mi.chi.o./ko.ro.ko.ro./ko.ro.ga.
tte.i.tta.
栗子掉下來，在斜坡上滾動。

▶ もぞもぞ
mo.zo.mo.zo.
動作細小不明確

例 恥ずかしくてもぞもぞしていた。

ha.zu.ka.shi.ku.te./mo.zo.mo.zo.shi.te.i.ta.

因為害羞所以動作扭扭捏捏。

大量的樣子

▶ ふんだんに
fu.n.da.n.ni.
多得用不完／大量的

例 あわびをふんだんに使った贅沢な料理。

a.wa.bi.o.fu.n.da.n.ni./tsu.ka.tta./ze.i.ta.ku.na./ryo.u.ri.

用了大量鮑魚的奢華料理。

▶ うんと
u.n.to.
程度超出一般狀態

例 毎日一生懸命練習したので、うんと上手になった。

ma.i.ni.chi./i.ssho.u.ke.n.me.i./re.n.shu.u.shi.ta.no.de./u.n.to./jo.u.zu.ni.na.tta.

因為每天都努力練習，所以進步神速。

▶ 多く
o.o.ku.
多數的

例 多くの会社では禁煙です。
o.o.ku.no.ka.i.sha.de.wa./ki.n.e.n.de.su.
大部分的公司都禁菸。

▶ どっさり
do.ssa.ri.
物體數量多／工作量大

例 お年玉をどっさりもらった。
o.to.shi.da.ma.o./do.ssa.ri.mo.ra.tta.
拿到很多紅包。

▶ ごろごろ
go.ro.go.ro.
到處都是／很多又重又大的東西

例 石がごろごろして歩きにくい道。
i.shi.ga./go.ro.go.ro.shi.te./a.ru.ki.ni.ku.i.mi.chi.
到處都是石頭，難以行走的道路。

▶ 余計
yo.ke.i.
比正常的多

例 人より余計に働く。

hi.to.yo.ri./yo.ke.i.ni./ha.ta.ra.ku.

比別人還努力工作。

▶ たっぷり
ta.ppu.ri.
數量或時間相當多

例 野菜をたっぷり入れて炒める。

ya.sa.i.o./ta.ppu.ri./i.re.te./i.ta.me.ru.

加入大量的蔬菜拌炒。

形容笑容

▶ にやにや
ni.ya.ni.ya.
奸笑

例 変な人はにやにやしながら、挨拶してきた。

he.n.na.hi.to.wa./ni.ya.ni.ya.shi.na.ga.ra./a.i.sa.tsu.shi.
te.ki.ta.

有個奇怪的人一邊奸笑一邊走過來打招呼。

▶ にこにこ
ni.ko.ni.ko.
微笑

例 彼女はいつもにこにこしている。
ka.no.jo.wa./i.tsu.mo./ni.ko.ni.ko.shi.te.i.ru.
她總是面帶微笑。

▶ けらけら
ke.ra.ke.ra.
哈哈笑／咯咯笑

例 テレビを見ながらけらけら笑う。
te.re.bi.o./mi.na.ga.ra./ke.ra.ke.ra.wa.ra.u.
一邊看電視一邊哈哈笑。

▶ あははは
a.ha.ha.ha.
大笑

例 彼は大声であはははと笑う。
ka.re.wa./o.o.go.e.de./a.ha.ha.ha.to./wa.ra.u.
他哈哈大笑著。

▶ にっこり
ni.kko.ri.
露齒微笑

例 お年玉をもらって、にっこりと笑った。
o.to.shi.da.ma.o.mo.ra.tte./ni.kko.ri.to./wa.ra.tta.
拿到了紅包，忍不住露出微笑。

▶ くすくす
ku.su.ku.su.
背地裡偷笑

例 陰でくすくす笑う。
ka.ge.de./ku.su.ku.su.wa.ra.u.
在私底下竊笑。

興奮的心情

▶ どきどき
do.ki.do.ki.
緊張期待

例 どきどきしながら、結果を待つ。
do.ki.do.ki.shi.na.ga.ra./ke.kka.o.ma.tsu.
緊張的等待結果。

▶ わくわく
wa.ku.wa.ku.
興奮期待

例 わくわくしながら、夜明けを待つ。
wa.ku.wa.ku.shi.na.ga.ra./yo.a.ke.o.ma.tsu.
興奮的等待天亮。

▶ うきうき
u.ki.u.ki.
喜不自勝

例 旅行が間近に迫り心がうきうきしている。
ryo.ko.u.ga./ma.ji.ka.ni.se.ma.ri./ko.ko.ro.ga.u.ki.u.ki.
shi.te.i.ru.
旅行的時間就快到了，心情也跟著十分愉快。

▶ いそいそ
i.so.i.so.
因期待而欣喜

例 いそいそお客さんを迎える。
i.so.i.so./o.kya.ku.sa.n.o./mu.ka.e.ru.
很開心的迎接客人。

• track 156

做事的態度

▶ うっかり
u.kka.ri.
迷糊

例 うっかりして転んでしまった。
u.kka.ri.shi.te./ko.ro.n.de.shi.ma.tta.
因為太迷糊一個不小心跌倒了。

▶ きっぱり
ki.ppa.ri.
斬釘截鐵

例 きっぱりあきらめたほうがいい。
ki.ppa.ri./a.ki.ra..me.ta.ho.u.ga.i.i.
最好徹底的放棄。

▶ ちゃんと
cha.n.to.
確實的

例 ちゃんと座りなさい。
cha.n.to.su.wa.ri.na.sa.i.
請好好的坐著。

▶ しっかり
shi.kka.ri.
踏實的／確實的

⑩ 解けないようにしっかり縛る。
to.ke.na.i.yo.u.ni./shi.kka.ri.shi.ba.ru.
確實的綁緊不讓它鬆脫。

煩悶的樣子

▶ がっくり
ga.kku.ri.
失望／事出突然／垂頭喪氣

⑩ そんなにがっくりするなよ。
so.n.na.ni.ga.kku.ri.su.ru.na.yo.
別這麼失望。

▶ がっかり
ga.kka.ri.
失望

⑩ 試合に負けてがっかりする。
shi.a.i.ni./ma.ke.te./ga.kka.ri.su.ru.
輸掉比賽真讓人失望。

• track 157

▶ **くよくよ**
ku.yo.ku.yo.
愁眉不展

例 小さなことでくよくよするな。
chi.i.sa.na.ko.to.de./ku.yo.ku.yo.su.ru.na.
別因為一點小事就愁眉不展嘛！

▶ **しょんぼり**
sho.n.bo.ri.
失魂落魄

例 彼女はしょんぼりと帰ってきた。
ka.no.jo.wa./sho.n.bo.ri.to./ka.e.tte.ki.ta.
她失魂落魄的回家。

▶ **いらいら**
i.ra.i.ra.
焦躁

例 バスが来なくて、いらいらしてしまった。
ba.su.ga.ko.na.ku.te./i.ra.i.ra.shi.te.shi.ma.tta.
公車一直不來，讓人感到焦躁。

▶ うんざり
u.n.za.ri.
厭煩

例 あなたの自慢話にうんざりしている。
a.na.ta.no./ji.ma.n.ba.na.shi.ni./u.n.za.ri.shi.te.i.ru.
我已經對你吹噓的話感到厭煩了。

溼氣重的樣子

▶ びしょびしょ
bi.sho.bi.sho.
溼答答

例 雨でびしょびしょになった。
a.me.de./bi.sho.bi.sho.ni.na.tta.
被雨水淋溼了。

▶ ねばねば
ne.ba.ne.ba.
黏黏的

例 ねばねばした納豆。
ne.ba.ne.ba.shi.ta.na.tto.u.
黏黏的納豆。

• track 158

▶ **ぬるぬる**
nu.ru.nu.ru.
滑滑的

例 うなぎはぬるぬるして掴みにくい。
u.na.gi.wa./nu.ru.nu.ru.shi.te./tsu.ka.mi.ni.ku.i.
鰻魚滑溜溜的很難抓。

▶ **じめじめ**
ji.me.ji.me.
潮溼

例 じめじめした日が続いている。
ji.me.ji.me.shi.ta.hi.ga./tsu.zu.i.te.i.ru.
每天都很潮溼。

生氣

▶ **かんかん**
ka.n.ka.n.
大發脾氣

例 弟のいたずらにかんかんになった。
o.to.u.to.no./i.ta.zu.ra.ni./ka.n.ka.n.ni.na.tta.
因為弟弟的惡作劇而大發脾氣。

▶ ぷんぷん
pu.n.pu.n.
怒氣沖沖

例 課長<ruby>課<rt>か</rt></ruby><ruby>長<rt>ちょう</rt></ruby>はさっきからひとりでぷんぷん<ruby>怒<rt>おこ</rt></ruby>っている。

ka.cho.u.wa./sa.kki.ka.ra./hi.to.ri.de./pu.n.pu.n.o.ko.tte.i.ru.

課長從剛剛就一直怒氣沖沖的。

▶ がみがみ
ga.mi.ga.mi.
嚴厲申斥／嘮嘮叨叨

例 <ruby>姉<rt>あね</rt></ruby>は<ruby>私<rt>わたし</rt></ruby>にがみがみ<ruby>言<rt>い</rt></ruby>って<ruby>怒<rt>おこ</rt></ruby>っている。

a.ne.wa./wa.ta.shi.ni./ga.mi.ga.mi.i.tte./o.ko.tte.i.ru.

姊姊對我嚴厲訓斥。

▶ ぴりぴり
pi.ri.pi.ri.
提心吊膽／神經兮兮

例 <ruby>試合<rt>しあい</rt></ruby>の<ruby>前<rt>まえ</rt></ruby>、<ruby>緊張<rt>きんちょう</rt></ruby>してぴりぴりしていた。

shi.a.i.no.ma.e./ki.n.cho.u.shi.te./pi.ri.pi.ri.shi.te.i.ta.

在比賽之前，總是緊張得神經緊繃。

▶ いらいら
i.ra.i.ra.
急躁／焦急

例 電車がなかなか来ないので、いらいらした。
de.n.sha.ga./na.ka.na.ka.ko.na.i.no.de./i.ra.i.ra.shi.ta.
一直等不到火車，變得很煩躁。

說話

▶ ぶつぶつ
bu.tsu.bu.tsu.
發牢騷／嘀咕

例 一人で何をぶつぶつ言っていたの。
hi.to.ri.de./na.ni.o./bu.tsu.bu.tsu.i.tte.i.ta.no.
一個人在碎碎念什麼呢？

▶ ぺらぺら
pe.ra.pe.ra.
流利

例 田中さんは英語がぺらぺらです。
ta.na.ka.sa.n.wa./e.i.go.ga./pe.ra.pe.ra.de.su.
田中先生英文說得很流俐。

▶ ひそひそ
hi.so.hi.so.
悄悄／偷偷

例 あの二人、ひそひそひみつを言っている。
a.no.fu.ta.ri./hi.so.hi.so.hi.mi.tsu.o./i.tte.i.ru.
那兩個人在說悄悄話。

▶ ぺちゃくちゃ
pe.cha.ku.cha.
喋喋不休

例 姉はずっと電話でぺちゃくちゃしゃべっている。うるさいな。
a.ne.wa./zu.tto.de.n.wa.de.pe.cha.ku.cha.sha.be.tte.i.ru./u.ru.sa.i.na.
姊姊一直抱著電話喋喋不休，吵死了。

▶ もごもご
mo.go.mo.go.
在嘴裡嘀咕

例 もごもご言わないで、はっきり言いなさいよ。
mo.go.mo.go.i.wa.na.i.de./ha.kki.ri.i.i.na.sa.i.yo.
話不要含在嘴裡，清楚地說出來！

• track 160

► **はきはき**
ha.ki.ha.ki.
講話乾脆／乾脆伶俐

例 愛ちゃんははきはきしていると、先生にほめられた。
a.i.cha.n.wa./ha.ki.ha.ki.shi.te.i.ru.to./se.n.se.i.ni./ho.me.ra.re.ta.
小愛講話很乾脆伶俐，所以被老師稱讚。

變化程度

► **どんどん**
do.n.do.n.
連續不斷／旺盛的

例 大雨で川の水がどんどん増えている。
o.o.a.me.de./ka.wa.no.mi.zu.ga./do.n.do.n.fu.e.te.i.ru.
因為下大雨，河水不斷的暴增。

► **ぐんぐん**
gu.n.gu.n.
很快地／突飛猛進

例 ぐんぐん背が伸びる。
gu.n.gu.n.se.ga.no.bi.ru.
身高長得很快。

▶ **だんだん**
ga.n.da.n.
漸漸

例 だんだん寒くなってきた。
da.n.da.n.sa.mu.ku.na.tte.ki.ta.
天氣漸漸變冷了。

▶ **じわじわ**
ji.wa.ji.wa.
慢慢地

例 長い間にじわじわ広がった。
na.ga.i.a.i.da.ni./ji.wa.ji.wa.hi.ro.ga.tta.
長時間慢慢地蔓延。

▶ **くるくる**
ku.ru.ku.ru.
不斷地

例 流行はくるくる変わっている。
ryu.u.ko.u.wa./ku.ru.ku.ru.ka.wa.tte.i.ru.
流行不斷地變化。

生理狀態

▶ がんがん
ga.n.ga.n.
強烈的頭痛或耳鳴

例 頭が<ruby>頭<rt>あたま</rt></ruby>がんがんする。
a.ta.ma.ga./ga.n.ga.n.su.ru.
頭非常痛。

▶ ずきずき
zu.ki.zu.ki.
抽痛

例 <ruby>傷<rt>きず</rt></ruby>がずきずき<ruby>痛<rt>いた</rt></ruby>む。
ki.zu.ga./zu.ki.zu.ki.i.ta.mu.
傷口陣陣抽痛。

▶ きりきり
ki.ri.ki.ri.
絞痛／劇痛

例 お<ruby>腹<rt>なか</rt></ruby>がきりきり<ruby>痛<rt>いた</rt></ruby>くなった。
o.na.ka.ga.ki.ri.ki.ri./i.ta.ku.na.tta.
肚子一陣絞痛。

▶ ごろごろ
go.ro.go.ro.
咕嚕咕嚕

例 お腹ごろごろする。トイレに行きたい。
o.na.ka.go.ro.go.ro.su.ru./to.i.re.ni.i.ki.ta.i.
肚子裡一陣翻滾，想要去上廁所。

▶ こんこん
ko.n.ko.n.
咳嗽聲

例 こんこんせきをする。
ko.n.ko.n.se.ki.o.su.ru.
「咳！咳！」地咳了幾聲。

▶ ごほごほ
go.ho.go.ho.
咳嗽聲

例 ごほごほせきをしている。
go.ho.go.ho./se.ki.o.shi.te.i.ru.
「咳！」地咳嗽。

● track 162

▶ はくしょん
ha.ku.sho.n.
哈啾╱打噴嚏的聲音

例 はくしょんとくしゃみをする。

ha.ku.sho.n.to./ku.sha.mi.o.su.ru.

「哈啾！」地打了個噴嚏。

▶ がらがら
ga.ra.ga.ra.
嘶啞

例 のどががらがらだ。

no.do.ga./ga.ra.ga.ra.da.

喉嚨嘶啞。

▶ ぞくぞく
zo.ku.zo.ku.
發冷

例 ぞくぞく寒気がする。

zo.ku.zo.ku.sa.mu.ke.ga.su.ru.

陣陣發冷。

美麗耀眼

▶ ぴかぴか
pi.ka.pi.ka.
閃閃發光

例 磨いた靴がぴかぴかしている。
mi.ga.i.ta.ku.tsu.ga./pi.ka.pi.ka.shi.te.i.ru.
剛擦好的鞋子閃閃發亮。

▶ きらきら
ki.ra.ki.ra.
亮晶晶／耀眼

例 川の水がきらきら光って、とてもきれいだ。
ka.wa.no.mi.zu.ga./ki.ra.ki.ra.pi.ka.tte./to.te.mo.ki.re.i.
da.
河水發出耀眼的光芒，十分美麗。

▶ さらさら
sa.ra.sa.ra.
滑順／乾爽

例 髪の毛はさらさらして気持ちがいい。
ka.mi.no.ke.wa./sa.ra.sa.ra.shi.te./ki.mo.chi.ga.i.i.
頭髮滑順乾爽，感覺很舒服。

▶つやつや
tsu.ya.tsu.ya.
有光澤

例 絹はつやつやです。
ki.nu.wa./tsu.ya.tsu.ya.de.su.
絲綢有著光澤。

烹飪／食物

▶ぐらぐら
gu.ra.gu.ra.
水咕嚕咕嚕地滾

例 お湯がぐらぐら煮えた。
o.yu.ga./gu.ra.gu.ra.ni.e.ta.
水咕嚕咕嚕地滾了。

▶ことこと
ko.to.ko.to.
咕嚕咕嚕地慢燉

例 一時間ぐらいことこと煮ます。
i.chi.ji.ka.n.gu.ra.i.ni./ko.to.ko.to.ni.ma.su.
大約要咕嚕咕嚕地慢燉一個小時。

▶ ざっと
za.tto.
大致上／稍微

例 野菜にざっと火を通す。

ya.sa.i.ni./za.tto.hi.o.to.o.su.
把蔬菜稍微炒一下。

▶ こんがり
ko.n.ga.ri.
烤得恰到好處／烤得焦黃

例 パンがおいしそうにこんがり焼けた。

pa.n.ga./o.i.shi.so.u.ni./ko.n.ga.ri.ya.ke.ta.
麵包烤得恰到好處看來很好吃。

▶ とろり
to.ro.ri.
濃稠

例 チーズがとろりととけた。

chi.i.zu.ga./to.ro.ri.to./to.ke.ta.
起士溶成濃稠的樣子。

• track 164

▶ からり

ka.ra.ri.

乾／脆

例 えび天はからりとして、とてもおいしい。

e.bi.te.n.wa./ka.ra.ri.to.shi.te./to.te.mo.o.i.shi.i.

炸蝦炸得很脆，非常好吃。

▶ しんなり

shi.n.na.ri.

變軟

例 野菜がしんなりしたら、肉を入れる

ya.sa.i.ga./shi.n.na.ri.shi.ta.ra./ni.ku.o.i.re.ru.

蔬菜變軟後，加入肉。

▶ さっぱり

sa.ppa.ri.

清爽／不油膩

例 暑い日はさっぱりしたものが食べたい。

a.tsu.i.hi.wa./sa.ppa.ri.shi.ta.mo.no.ga./ta.be.ta.i.

夏天就想吃些清爽的食物。

▶ **あっさり**
a.ssa.ri.
味道清淡

例 このそばはあっさりしておいしいです。
ko.no.so.ba.ha./a.ssa.ri.shi.te./o.i.shi.i.de.su.
這道蕎麥麵味道清淡很好吃。

▶ **こってり**
ko.tte.ri.
味道濃厚

例 こってりした肉料理が食べたい。
ko.tte.ri.shi.ta./ni.ku.ryo.u.ri.ga./ta.be.ta.i.
想要吃味道濃郁的肉類料理。

▶ **すっきり**
su.kki.ri.
神清氣爽

例 ガムを噛むと気分がすっきりした。
ga.mu.o./ka.mu.to./ki.bu.n.ga.su.kki.ri.shi.ta.
吃了口香糖之後變得神清氣爽。

精神／心情

▶ うっかり
u.kka.ri.

粗心／不注意／不留神

例 その店は小さいので、うっかりしていると通り
過ぎてしまう。

so.no.mi.se.wa./chi.i.sa.i.no.de./u.kka.ri.shi.te.i.ru.to./
to.o.ri.su.gi.te./shi.ma.u.

那家店因為很小，一不留神就會錯過。

▶ おっちょこちょい
o.ccho.ko.cho.i.

不穩重／冒失

例 彼はおっちょこちょいでよく忘れ物をする。

ka.re.wa./o.ccho.ko.cho.i.de./yo.ku./wa.su.re.mo.no.o./
su.ru.

他十分冒失經常忘東忘西的。

▶ たんたん
ta.n.ta.n.

漠不關心／淡漠

例 彼はたんたんと判決を読み上げた。
ka.re.wa./ta.n.ta.n.to./ha.n.ke.tsu.o./yo.mi.a.ge.ta.
他淡淡的念出判決。

▶ ぼうっと
bo.u.to.
發呆／出神

例 一日中ぼうっとしていた。
i.chi.ni.chi.jyu.u./bo.tto.shi.te.i.ta.
一整天都在發呆。

▶ ぽかんと
po.ka.n.to.
發呆

例 ぽかんとしていないで早く勉強しなさい。
po.ka.n.to.shi.te.i.na.i.de./ha.ya.ku./be.n.kyo.u.shi.na.sa.i.
不要發呆了，快點念書吧。

▶ むっつり
mu.ttsu.ri.
沉默寡言／繃著臉

例 寝不足でむっつりした顔をしている。
ne.bu.so.ku.de./mu.ttsu.ri.shi.ta.ka.o./o.shi.te.i.ru.
因為沒睡飽所以繃著一張臉。

> ▶ もんもん
> mo.n.mo.n.
> 愁悶

例 もんもんと日をすごす。
mo.n.mo.n.to./hi.o.su.go.su.
愁悶地過日子。

> ▶ いやいや
> i.ya.i.ya.
> 勉勉強強

例 いやいや引き受ける。
i.ya.i.ya./hi.ki.u.ke.ru.
勉強承擔下來。

> ▶ こつこつ
> ko.tsu.ko.tsu.
> 孜孜不倦／勤勉

例 こつこつと勉強する。
ko.tsu.ko.tsu.to./be.n.kyo.u.su.ru.
很勤勉地學習。

▶ **しぶしぶ**
shi.bu.shi.bu.
不得已／勉強

例 彼は皆の説得をしぶしぶ聞き入れた。

ka.re.wa./mi.na.no./se.tto.ku.o./shi.bu.shi.bu./ki.ki.i.re.
ta.

他不得已勉強地接受大家的勸說。

▶ **なくなく**
na.ku.na.ku.
哭著

例 なくなく彼と別れた。

na.ku.na.ku./ka.re.to.wa.ka.re.ta.

哭著和他分手。

▶ **もくもく**
mo.ku.mo.ku.
默默

例 もくもくと研究に励む。

mo.ku.mo.ku.to./ke.n.kyu.u.ni./ha.ge.mu.

默默地努力研究。

• track 167

心情變動

▶ かっと
ka.tto.
勃然大怒

🈁 彼は短気で、すぐかっと怒る人です。
ka.re.wa./ta.n.ki.de./su.gu.ka.tto.o.ko.ru.hi.to.de.su.
他很沒耐性，經常突然發怒。

▶ どきっと
do.ki.tto.
大吃一驚

🈁 肩を叩かれて、どきっとした。
ka.ta.o./ta.ta.ka.re.te./do.ki.tto.shi.ta.
被拍肩膀，嚇了一大跳。

▶ ほっと
ho.tto.
鬆了一口氣

🈁 試験が終わってほっとする。
shi.ke.n.ga./o.wa.tte./ho.tto.su.ru.
考試結束後鬆了一口氣。

> **▶ むっと**
> mu.tto.
> 怒上心頭

例 彼はむっとして席を立った。
ka.re.wa./mu.tto.shi.te./se.ki.o.ta.tta.
他一怒之下退席了。

> **▶ ぎょっと**
> cho.tto.
> 大吃一驚

例 そのニュースを聞いてぎょっとした。
so.no.nyu.u.su.o./ki.i.te./gyo.tto.shi.ta.
聽到那個新聞不禁大吃一驚。

> **▶ ぞっと**
> zo.tto.
> 毛骨悚然

例 心霊写真を見て、ぞっとした。
shi.n.re.i.sha.shi.n.o./mi.te./zo.tto.shi.ta.
看了靈異照片，覺得毛骨悚然。

• track 168

▶ びくっと
bi.ku.tto.
嚇了一跳／打了個哆嗦

例 事故だと聞いて、びくっとした。
ji.ko.da.to./ki.i.te./bi.ku.tto.shi.ta.
聽到發生意外，嚇了一跳。

活潑開朗

▶ いきいき
i.ki.i.ki.
生氣勃勃

例 母は今の仕事を始めてからいきいきしている。
ha.ha.wa./i.ma.no.shi.go.to.o./ha.ji.me.te.ka.ra./i.ki.i.ki.shi.te.i.ru.
母親從事現在的工作後，變得生氣勃勃。

▶ さばさば
sa.ba.sa.ba.
輕鬆愉快／痛快／乾脆

例 さばさばした表情で話す

sa.ba.sa.ba.shi.ta./hyo.u.jo.u.de./ha.na.su.

表情輕鬆愉快地說話。

> ▶ にこにこ
> ni.ko.ni.ko.
> 笑咪咪的

例 彼はいつもにこにこしている。

ka.re.wa./i.tsu.mo./ni.ko.ni.ko.shi.te.i.ru.

他總是笑咪咪的。

> ▶ のびのび
> no.bi.no.bi.
> 自然成長／生長茂盛

例 勉強ばかりさせないでのびのびと遊ばせたほうがいい。

be.n.kyo.u.ba.ka.ri./sa.se.na.i.de./no.bi.no.bi.to./a.so.ba.se.ta.ho.u.ga./i.i.

不要一直逼他念書，讓他自在地遊玩比較好。

> ▶ ぴんぴん
> pi.n.pi.n.
> 硬朗／健壯

例 九十歳になってもぴんぴんしている。

kyu.u.ju.u.sa.i.ni.na.tte.mo./pi.n.pi.n.shi.te.i.ru.

即使九十歲了還是很硬朗。

難易度

▶ やすやす

ya.su.ya.su.

輕易地

例 相手にやすやすと勝った。

a.i.te.ni./ya.su.ya.su.to.ka.tta.

輕易地打敗對手。

▶ らくらく

ra.ku.ra.ku.

毫不費力

例 重荷をらくらくと持ち上げる。

o.mo.ni.o./ra.ku.ra.ku.to./mo.chi.a.ge.ru.

毫不費力地拿起很重的行李。

▶ ちょろい
cho.ro.i.
輕而易舉

例 こんな問題を解くのはちょろい。
ko.n.na.mo.n.da.i.o./to.ku.no.wa./cho.ro.i.
要解決這問題是輕而易舉。

▶ あっさり
a.ssa.ri.
輕鬆／簡單

例 勝ちをあっさり人に譲る。
ka.chi.o./a.ssa.ri./hi.to.ni.yu.zu.ru.
把勝利輕易地拱手讓人。

▶ むざむざ
mu.za.mu.za.
躍躍欲試／著急

例 不注意でむざむざと命を落とす。
fu.chu.u.i.de./mu.za.mu.za.to./i.no.chi.o./o.to.su.
要是一時大意太過心急的話，會丟了性命。

▶ みすみす
mi.su.mi.su.
眼睜睜地

例 みすみす好機を逸した。
mi.su.mi.su./ko.u.ki.o./i.sshi.ta.
眼睜睜地錯失好機會。

▶ まんまと
ma.n.ma.to.
巧妙／徹底

例 まんまとだまされた。
ma.n.ma.to./da.ma.sa.re.ta.
徹底被騙了。

▶ すらすら
su.ra.su.ra.
流暢地

例 すらすらと白状する。
su.ra.su.ra.to./ha.ku.jo.u.su.ru.
流暢地說出自白。

• track 170

▶ ゆうゆう
yu.u.yu.u.
綽綽有餘

例 今から出かけてもゆうゆう間に合うよ。
i.ma.ka.ra./de.ka.ke.te.mo./yu.u.yu.u./ma.ni.a.u.yo.
現在才出門時間也還綽綽有餘。

▶ どうどう
do.u.do.u.
堂堂／堂堂正正

例 自分の意見を堂々と主張する。
ji.bu.n.no.i.ke.n.o./do.u.do.u.to./chu.cho.u.su.ru.
堂堂地說出自己的意見。

▶ すれすれ
su.re.su.re.
差一點／勉強

例 すれすれで合格した。
su.re.su.re.de./go.u.ka.ku.shi.ta.
勉強及格。

• track 170

▶ **ぎりぎり**
gi.ri.gi.ri.
到極限/剛好

例 時間ぎりぎりで間に合う。
ji.ka.n./gi.ri.gi.ri.de./ma.ni.a.u.
時間剛好來得及。

日本人都習慣這麼說／雅典日研所 企編.-- 初版二刷.
--新北市 ： 雅典文化, 民 100.11
面； 公分. --（全民學日語：13）
ISBN⊙978-986-6282-45-4 (50K 平裝)
1. 日語　2. 讀本
803.13　　　　　　　　　　　　　　　100018101

全民學日語系列：13

日本人都習慣這麼說

企　　編｜雅典日研所

出 版 者｜雅典文化事業有限公司

登 記 證｜局版北市業字第五七○號

執行編輯｜許惠萍

編 輯 部｜22103 新北市汐止區大同路三段 194 號 9 樓之 1

　　　　　TEL／(02)86473663

　　　　　FAX／(02)86473660

法律顧問｜中天國際法律事務所 涂成樞律師、周金成律師

總 經 銷｜永續圖書有限公司

　　　　　22103 新北市汐止區大同路三段 194 號 9 樓之 1

　　　　　E-mail: yungjiuh@ms45.hinet.net

　　　　　網站：www.foreverbooks.com.tw

　　　　　郵撥：18669219

　　　　　TEL／(02)86473663

　　　　　FAX／(02)86473660

出 版 日｜2011 年 11 月

雅典文化 讀者回函卡

謝謝您購買這本書。

為加強對讀者的服務，請您詳細填寫本卡，寄回**雅典文化**；並請務必留下您的E-mail帳號，我們會主動將最近"好康"的促銷活動告訴您，保證值回票價。

書　　名：**日本人都習慣這麼說**

購買書店：＿＿＿＿＿市／縣＿＿＿＿＿＿＿書店

姓　　名：＿＿＿＿＿＿　生　日：＿＿年＿＿月＿＿日

身分證字號：＿＿＿＿＿＿＿＿＿＿＿＿＿＿＿＿＿

電　　話：(私)＿＿＿＿(公)＿＿＿＿(手機)＿＿＿＿

地　　址：□□□－＿＿＿＿＿＿＿＿＿＿＿＿＿

E - mail：＿＿＿＿＿＿＿＿＿＿＿＿＿＿＿＿＿

年　　齡：□ 20歲以下　□ 21歲~30歲　□ 31歲~40歲
　　　　　□ 41歲~50歲　□ 51歲以上

性　　別：□ 男　　□ 女　　婚姻：□ 單身　□ 已婚

職　　業：□ 學生　　□ 大眾傳播　□ 自由業　□ 資訊業
　　　　　□ 金融業　□ 銷售業　　□ 服務業　□ 教職
　　　　　□ 軍警　　□ 製造業　　□ 公職　　□ 其他

教育程度：□ 高中以下（含高中）□ 大專　□ 研究所以上

職 位 別：□ 負責人　□ 高階主管　□ 中級主管
　　　　　□ 一般職員　□ 專業人員

職 務 別：□ 管理　　　□ 行銷　　□ 創意　　□ 人事、行政
　　　　　□ 財務、法務　　　　　□ 生產　　□ 工程　　□ 其他＿＿

您從何得知本書消息？
　　□ 逛書店　　□ 報紙廣告　□ 親友介紹
　　□ 出版書訊　□ 廣告信函　□ 廣播節目
　　□ 電視節目　□ 銷售人員推薦
　　□ 其他

您通常以何種方式購書？
　　□ 逛書店　□ 劃撥郵購　□ 電話訂購　□ 傳真訂購　□ 信用卡
　　□ 團體訂購　□ 網路書店　□ 其他

看完本書後，您喜歡本書的理由？
　　□ 內容符合期待　□ 文筆流暢　□ 具實用性　□ 插圖生動
　　□ 版面、字體安排適當　　□ 內容充實
　　□ 其他

看完本書後，您不喜歡本書的理由？
　　□ 內容不符合期待　□ 文筆欠佳　　□ 內容平平
　　□ 版面、圖片、字體不適合閱讀　□ 觀念保守
　　□ 其他

您的建議：

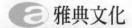